とりつくしま

谢谢 你
回来

〔日〕东直子 著　郑民钦 译

南海出版公司

新经典文化股份有限公司
www.readinglife.com
出 品

目 录

1	松香粉
17	三角龙杯
33	蓝色攀登架
51	檀香扇
69	胸牌
85	悄悄话
101	日记
119	按摩椅
133	唇膏
147	相机
163	枇杷树下的女儿

松香粉

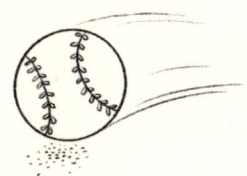

声音乱哄哄的。看不清楚,但周围有很多东西。有什么东西,数量很多,而且嘈杂得很。

这是怎么回事?是这样的感觉吗?

我死了,好像。我知道的只有这个。

我从未想过,四十多岁的人生就这样终结。要说对人世没有留恋,肯定是骗人的,但也只能听天由命。我想,自己已经做出了最大的努力,而且吃了不少苦头。

没有办法。

除此之外,我无话可说。

可是,周围还是吵吵闹闹。我想马上安静下来。

周围的景象逐渐浮现出来,一幅乱哄哄的光景。无数"曾经的人"拥挤吵嚷。大家都兴奋地谈论着,也有

"曾经的人"对我说着什么。

嗯？什么？听不清楚。

对方伸出手指，像是有所示意。指尖上有什么东西吗？似乎在命令我看。

文字？像是文字。那是文字吗？

看不清楚。我凝神注视着。

"取缔者？"

不！我都到这种地方来了，还要被抓起来吗？我可什么坏事也没干啊。

"什么坏事也没干。"啊！想起来了。我大概这么想过几万次，也说过几千次吧。

我为什么会生病？为什么就我的病治不好？我明明什么坏事、一丁点儿坏事都没干过啊，为什么……

为了这件事，翻来覆去，我哭过多少回啊，又有多少人对我同情落泪。

但是，"坏事"是什么呢？"什么坏事也没干"的"坏事"究竟是什么？既然已经到了这里，干的事情坏不坏其实也无所谓了。为什么自己要钻牛角尖，一味地往阴暗的深处想呢?

可是,我的确不知如何是好,也无心继续思考。

总之,一切都已经结束。我的人生已经结束。

我打算让失去躯体的自己随着轻风摇曳,远离这嘈杂之地。

就在这时,我被什么东西一把揪住了。

"请先别走。"

我看见"取缔者"这几个字。糟了,我被抓住了。

罢了。没什么。我没什么可怕的。

我用近乎挑衅的口吻问道:"你为什么抓我?"

"您说我抓您?您好好看看这个。"

对方白色的手掌在文字前摇晃,我仔细一看,上面写着"附身使者"。

"哎呀,原来不是取缔者。可是,附身使者又是干什么的?"

"是的。我是附身使者。"对方扁扁的白色面孔上微微张开一个黑洞,回答道:"我要了解委托人的愿望。您正在寻找附身使者吧?"

"附身使者?"

"对。附身使者。我是负责人,一眼能看出来谁在寻找附身使者,您明显流露出这种迹象。您可以选择一件世上的物品,附身到这件物品上。"

"世上的物品?"

"对。什么都可以。请您说一件想到的东西。我可以让您变成它,重回人世,您应该也希望如此。只是活的东西不行,活的东西里面住着原住民的灵魂。不过,我不会勉强您。"

附身使者说完后,关上了黑洞。

"明白了。你等等,让我想想。"

我想到自己生活过的那个家。丈夫信司和儿子阳一现在应该还住在那个家里。那是三十五年前,用银行贷款购置的一栋深绿色屋顶的小屋。阳一住在二楼的西式房间,我和信司住在一楼的日式榻榻米房间,睡觉、起床,睡觉、起床,本想一直这样过下去。

住院期间,我已经隐约感觉到这是不治之症,却还是从病房眺望窗外,朦朦胧胧地幻想着继续在那个小家里过着睡觉、起床，睡觉、起床的生活。当被病痛折磨得身体扭曲、浑身大汗时，依然念着那个家。

信司和阳一现在过得怎么样？信司曾长期单身，做家务事是一把好手。我住院期间，他总是说，"你什么都不用担心，阳一也会帮忙的。"

阳一。阳一是个好孩子。对了，中学软式棒球部的最后一场正式赛即将开始。现在打到第几轮了？

"我一定会去观看比赛。所以你要好好练习，加油吧，我一定会去的。"我始终这样对阳一说，直到最后。

"你要好好练习……"

说话不负责任，没有说到做到。大家都把阳一视作队里的王牌队员，一直鼓励他"加油""好好打"，其实我大可以对他说"不用那么卖力也行"。

"你也是有孩子的人，好好加油吧。"患病期间，母亲一直这样对我说。我明明每次听了都很难受，为什么也这样要求自己的孩子呢？痛苦在我心底肆意蔓延。

如果可以附身在什么东西上的话……我想在阳一身边多待一会儿，好好守护他，他还只有十四岁呢。

"阳一……"我说。

"阳一?"附身使者张开黑洞,重复了一遍。

"我想待在阳一身边。"

"好啊。您的儿子阳一,是吗?是想附身在他身边的东西上吗?您觉得什么东西好呢?请说得具体一点。"

"嗯……"

我一一回忆阳一身边的东西:上学的书包、饭盒、笔盒、校服、帽子、球棒、棒球手套、鞋子、袜子……

儿子的东西都是脏兮兮的,已经用得破破烂烂了。我可以附在其中一件东西上,和他待在一起,直到它无法使用吗?

不过,破破烂烂的棒球手套和鞋子总让我联想到自己患病时候的身体。即便死了,我也不喜欢这种联想。

"只要能和他待在一起,哪怕只有一小会儿也可以。"我用商量的口气说道,"只要能看到他参加中学最后的软式棒球正式赛就可以。"

"是吗。"附身使者一边说,一边张开两个像是眼睛的黑洞:"那样的话,附身在消耗品上不是很好吗?选一件软式棒球赛上会用到的东西。"

消耗品。我低声重复着，一边想象着比赛的场景。

"对了，那叫什么来着？就是投手投球前，砰砰砰擦在手上的白粉。"

"那叫松香粉。"

"对，就是它。我要变成松香粉。"

"松香粉是装在布袋里的。这么说，您要变成布袋里的松香粉？可是使用时，松香粉会大量飞散，袋子里的粉末多半都会飞走，您将无处附身。也就是说，您将从人世间完全消失，再也无法附在别的东西上。"

"没关系。这样更好，无论是对儿子，还是对我来说。还是不要待得太久。待的时间越长，以后只会更难受。"

"嗯。"附身使者闭上两个黑洞，"那就简单一点，我就把阳一在棒球赛中使用的松香粉设定为您灵魂的寄居之地。"

他将双手合在一起搓了几下，手上出现一张半透明的纸。

"这是合同。请您在上面吹口气。"

"哦,不需要印章吗?"

附身使者的黑洞笑了笑,说道:"那玩意儿不是带不过来吗?"

"倒也是,那我就吹了。"

透过光线,可以看见半透明的纸上写着"阳一、松香粉、软式棒球、正式比赛"的字样。我深吸了一口气,对着纸上的文字慢慢地吹过去,同时感觉自己正在逐渐变小。

我回过神来的时候,发现自己正站在炎炎烈日下的泥地上。一只手向我伸过来,我正感到吃惊,忽然发现自己已经在阳一的手掌上,他的另一只手也叠放过来。

扑扑……

我的一小部分飞散到空气里,随风散落。望着阳一的侧脸,感觉真亲切。他一脸哭相。阳一总是这样,一紧张就哭丧着脸,从很小的时候开始就是这个样子。

虽然身材比别的孩子稍微魁梧一点,但是我知道,他特别容易紧张。

阳一跑起来比谁都快，投出去的球速也快，所以大家总对他说"加油"。阳一本来就是一个很努力的孩子，别人这么一说，他就加倍努力。所以他总是这样一副欲哭不哭的样子。

　　阳一把我摔在地上。我看见记分牌。第六局后半局，三比二。两人出局，没有跑垒员①。

　　阳一投球。是一记快速直球。

　　金属球棒发出清脆的响声。

　　阳一的鞋子踩在我的身上。对方似乎击出了一记本垒打。阳一站立着一动不动。当记分牌变成三比三的时候，接球手跑过来，在阳一的耳边嘀咕着。他是阳一最好的朋友琢磨。可我听不清他们在说些什么。只见阳一一边点头，一边低声"嗯嗯"地应答。阳一，你再多说几句吧，我多想听听你的声音。

　　但是，琢磨立即回到接球手的位置上，阳一的脚离开我的身子，轻轻踢了一脚泥，又把我放到手掌上。

---

①棒球术语，已攻占一垒的击球员即成为跑垒员。跑垒员沿逆时针方向依次攻占一垒、二垒、三垒及本垒，才算得分。

刚才一直领先，可我一来，对方就击出一记本垒打，拉平了比分。这是怎么回事？"沉住气。"我听见手掌上方传来他的声音，然后他把我轻轻放到地上。

他给对方的击球手吃了三次空击。我叹了一口气，趁着交换防守的时间，眺望着夏天湛蓝的晴空。美丽的天空。多美啊，美得惊人又耀眼。

这次，我被抹在对方投手的手上。汗水的气味与阳一的不一样。

我从投手的手指粘到了球上，球挨了一记直线击打，落到接球手的手套中。我的意识瞬间在空中消散。阳一正站在击球区，我轻轻触到他的小腿，旋即消失。

我附身在投手区的松香粉袋里，看见阳一的球棒打空了。他手中握着一根黑色的碳纤维球棒。那是我和他一起去车站前面的那家"水村体育用品商店"购买的，作为他十二岁生日的礼物。现在他的身高足比当时高出十五厘米。我从这个世界消失后，他好像又长高了一点。

阳一又一次挥击球棒，划出一条漂亮的弧线，球在空中轻盈地飞过，被中外场手牢牢抓住。

我看见阳一低着脑袋向远处走去。下一个击球手是谁呢？啊，原来是那个大块头正春。正春才初二，身高都快一米八了，肌肉发达，魁梧粗壮，是他们这个弱队的顶梁柱。

正春君，打吧！一定要打赢！

我被大风吹得不断消散，心中默默祈祷着。

随着一声清脆的金属声，一颗白球从我的眼前横穿而过，直冲天空。

这是一记本垒打。正春为阳一补上了刚才那一棒的缺憾。

接下来的两个人都三击未中，阳一回到投手区。他的手掌比刚才触到我的时候更暖和一些。我在他的手心跳跃着，大部分都飞散到了空中。

第七局下半场，对方进攻。中学的软式棒球是七局制，只要阳一他们守住这一局就能获胜。我在他的脚边不停地小声说道："稳住！不要紧，不要紧。"

阳一顺利地让对方的两个击球手三击未中，场上响起了掌声。我以为下一个击球手应该是最后一个了，没想到他第一棒就打出了安打。更换击球手后，阳一追到两个好球，三个坏球，但最后投出的是坏球，变成四个坏球。再次更换击球手后，阳一竟然投出一个死球。他向击球手脱帽致意。对方进到一垒，满垒。下个击球手慢慢走近击球区。黑色的头盔下，那双眼睛炯炯有神。

如果对方打出一记安打，阳一这最后一场比赛就算输了。

阳一，一定要沉住气！

我以为他又会哭丧着脸，却见他面露微笑，正在和接球手琢磨交换什么暗号，然后轻轻点了点头。接着，他俯身把我抓到手里，闭上眼睛，似乎在聚精会神，手掌不停地用力抹着松香粉，我不由得向着空中飞弹出去。

啊！我禁不住惊叫出声。这时，我看见了阳一的后脖颈，还有他运动服上红色的皮带，紧接着炫目的阳光射入眼帘，我什么也看不见了。

我失去了可以附身的东西。

等一会儿，再等一会儿！很快，就一小会儿，比赛马上就要结束了。

儿子是赢了还是输了?

嗨,不过输赢都无所谓。我的儿子非常优秀,那一球打得极好,真是场精彩的比赛。以后,他会按照自己的判断投出好球。

我已经完成了作为母亲的使命。虽然极其短暂,但最后能和儿子在一起,我非常幸福。这就够了。

阳一,真的……再见了。

我朝着夏空中阳光的那头飞去。

三角龙杯

我不由得叫起来:"瞎说!我不信。我绝不相信你说的话!"

那个自称附身使者的人张开黑洞,吐出一口气。

"哦,您的心情我十分理解。事出突然,也许您无法相信,但像您这样死于交通事故的人往往都这么说。"

"交通事故?"

"是的。您在十字路口被一辆右拐的汽车撞了。当时您正骑着自行车。"

自行车……我的记忆已经模糊。对,是自行车。半夜里,我突然特别想喝皮尔库尔①,便骑车去便利店。因为我觉得半夜骑自行车比较安全,如果遭到歹徒袭击,

---

① 一种乳酸菌饮料。

也容易脱身。

皮尔库尔、皮尔库尔，我难道就是因为想喝这种饮料死了吗？

"我过马路的时候，绝对是绿灯。"

"是的，您遵守了交通规则。只是右拐的那辆汽车好像没有发现您，车速并不快，但撞到了要害部位。所以很不幸，您当场死亡。不过司机没有逃逸，现在已经以交通肇事罪移送检察院。这一点请您放心。"

"你叫我放心？我都死了啊，又不能死而复生，那个司机移不移送，能让我活过来吗？"

"嗯，所以嘛……"附身使者干咳一声，"我想告诉您，已经为您准备了附身品。"

"附身品？"

"是的。如果您对这世间还有什么留恋、无法接受自己的死亡、还想见什么人、还想看看什么……附身使者的工作就是帮助各位亡者完成这些遗愿。"

"我对这世间还有留恋，对自己的死也想不通，有想见的人，也有想看的东西。"

我一边说,一边想。我最想见的就是两年前和我结婚的涉。我的生日快到了,本来说好一起去法国旅游。在我人生最幸福的时候,仅仅为了半夜出去买饮料这种小事,就遭此不幸,断送了一切。难道这一切都是命中注定的吗?!

明明只是在脑子里思考,结果却从嘴里说了出来,最后变成了撕心裂肺的呐喊。

"请您冷静一点。"

附身使者把手放在我因极度愤怒而紧握的颤抖的拳头上。那手掌冰凉,感觉湿漉漉的。

"我想见涉。"我的眼眶渗出泪水,"把我送回去!把我送回涉的身边。"

"好的。"附身使者使劲点了点头,"您附身在涉先生的随身用品上,可以吗?这样就可以见到他了。虽然不能死而复生,但可以和他共同度过一段时光。"

我回想涉有哪些随身用品,他此刻正在做什么呢?

如果现在是早晨,他大概正在喝咖啡,用那只他喜欢的马克杯。那只杯子是我们一起去博物馆的时候买的,杯子上印着一头三角龙的剪影。

涉喜欢恐龙,总是一边摩挲着杯子上三角龙的角,一边说"这个角多有意思",以至于这个部分的颜色有点剥落。摩挲已经缺了一点的角,似乎成了他的习惯。

他今天也摸了吧。即使想开口,也没有人听他说话,他一定感到寂寞吧。

"我要变成那只三角龙的马克杯。"

"噢,好的。他每天还在用这个杯子呢。我立即准备合同。"

附身使者从掌心取出一张半透明的纸,纸上摇晃着"涉""马克杯""三角龙"三个词。我按照他的吩咐,在上面吹了一口气。

一吹完气,我就变成了马克杯。紧接着,我感受到那双熟悉的手。那是涉的手,大而粗糙的手。

他从事设计工作,经常使用铅笔,黑色的铅顺着指纹渗进去,如刺青一般。他的食指总是摩挲三角龙的角,我感到有些酥痒。涉还活着,这一点毫无疑问。我失去了人的身体,被他握在手中。

速溶咖啡的热气从我的身体中缓缓升腾起来。涉把我端起,放到唇边。他丰满的嘴唇略显干燥。竟然还可以以这种方式和涉接吻。我装着满满一杯咖啡,高兴得直想哭。

涉用嘴唇触碰着杯子,动作却停了下来。他握着杯把的手指在微微抖动。我感觉到他的颤抖,也随之颤抖起来。他抖个不停,接着把我轻轻地放在桌子上。

涉,你怎么啦?你哭了?

涉双手捂脸。

你别哭呀。我在这里,就在这里。

咖啡和我就这样被放在桌子上,涉去公司上班了。

我在昏暗的房间里,一心一意地等着他回来。灯亮了,是涉。"你回来啦。"我在心中念道。涉看到了我,用双手把我端起来,手指摩挲着三角龙的角。然后,像是做出什么决断似的,一口气把凉咖啡喝了下去。

心灵相通,我想。

涉立刻把空荡荡的我拿到水龙头下用热水认真地清洗。他粗糙的手抚过我的全身,指尖有力地搓着杯底,把沾在杯底的咖啡渍和气味都洗得干干净净。

我被轻轻地倒扣在水槽上方的控水架上,水滴滴答答地掉落下来。从控水架上可以清晰地看见餐桌,还有里屋起居室的沙发。

涉吃完晚饭,坐在沙发上,舒适地看着电视休息。他一个人住,所以几乎听不到他说话,但可以充分欣赏他的侧脸,我心满意足。

涉每天都会和我接触,因为他每天早晨都使用马克杯喝咖啡。虽然我只能触到他的嘴唇和手指,但能全身心地去感受,感觉无比幸福。变成马克杯真好,变成涉喜欢的三角龙马克杯真好。

就这样过了一年。一天半夜,一个女人突然出现。

我在那个控水架上的固定位置看见了这个女人。她醉醺醺的,涉也是醉醺醺的。

"我睡沙发。"涉说道,"你就睡床上吧。"

涉,这是怎么回事?你难道让这个女人睡在我们曾经共眠的床上吗?

"为什么啊?"女人娇滴滴地问道,"一起睡床上吧。"

"说什么呢？不是因为没赶上末班车才来的吗？"

女人说道："不只是这个原因。"

那可不是朦胧醉眼，而是一本正经的眼神。

"并不是仅仅因为这个原因。"

女人说完，直勾勾地凝望着涉。涉似乎也一下子清醒过来，醉意全消。他目不转睛地看着女人，那是男人的目光。

不行啊！涉，你可不能上当。这女人从一开始就打算勾引你，是个诡计多端的女人，是个坏女人。坏透了！你可要看清啊！

我并不是要涉这一辈子都不和别的女人交往，但这个女人绝对不行。虽然有三分姿色，但浓妆艳抹，人品极坏。不行不行，不行！涉，你可不能中了她的圈套。

我拼命地向涉传达意念。然而，他们把我扔在控水架上，一起消失在卧室里。

涉！涉！涉！

我在漆黑的厨房里继续叫喊。但他们听不见我的声音。他们当晚就在卧室里，直至清晨。

此后，这个女人经常到家里来。涉也不再使用我这只有三角龙图案的马克杯。因为女人会用别的杯子给他冲咖啡。我就这样一直被晾在控水架上，只能身子一动不动、眼睛一眨不眨地看着他们愉快地交谈。

女人一天比一天漂亮，涉也一天比一天精神。恋爱中的男女就是这样。

一年前，我也这样凝视过涉。涉也这样凝视过我。那时，坐在那个位置上的是我。那个位置应该是我坐的。

不！我不允许涉用这样的眼神看着别的女人。她必须离开，离开我的位置。

我做了什么？难道半夜出去买皮尔库尔，就要遭受如此残忍的惩罚吗？

女人和涉竟然当着我的面接吻。涉还用手抚摸她。

不！亲吻他的嘴唇、他的手的人，应该是我。我受不了。实在看不下去。可我又不能不看，这简直就是地狱。根本不该附身到东西上。

涉，听我说，你要是打算继续和这个女人勾勾搭搭，就先把我毁掉。把我摔碎，摔得粉碎。

可我的满腔思绪无法传到涉的心里。

一天,女人拿着一个系着红绸带的盒子来到家里。

她对涉说道:"打开看看。"

"噢,里面是什么啊?"

涉一边愉快地说着,一边解开绸带,揭下包装纸,掀开盒子。原来是一对理查德·基诺里①的咖啡杯。

"这个……"涉激动地说不出话来。

"我想和你一起喝咖啡,美味的咖啡。"女人说道,"器皿也很重要。"

"嗯……"

涉含含糊糊地回答,瞟了我一眼,然后拿起基诺里的咖啡杯,仔细端详。

"还有……"女人又说道,"过一阵子我想把餐具全换成新的。"

"什么?"涉惊讶地抬起头。

"并不是马上。我虽然想接受您已故太太的东西,但

---

①意大利最古老的瓷器品牌。

餐具不就是生活本身吗？您和太太曾经共同使用过的餐具，对我来说还是太刺眼了。一想到你们曾一起这样吃饭，好像各种各样的往事都渗透到里面去了，一看见心里就感觉沉甸甸的……"

涉皱起眉头说道："嗯……我理解。"

请别这么说。对胆敢要把全部餐具换掉的臭不要脸的女人，不要说什么"理解"。

"我不是急着要换。一点一点地换，可以吗？慢慢来，逐渐把全部都……"

女人说到一半，突然发生了地震，摇晃得厉害。橱柜里的餐具互相碰撞，咣当咣当直响，我也在控水架上嘎哒嘎哒地震动。控水架的螺丝松动了，所以我的声音不断增大。

"这个真烦人！"涉把我从控水架上取下来，双手合握在一起。好久没有这样接触他的手掌，真舒服。

不一会儿，地震结束，不再摇晃了。涉把我轻轻放在桌子上，注视着我。女人也站在一边看着我。

"那个……"涉停顿了片刻，然后平静地说道，"你把那对杯子拿回去吧。"

"嗯?"女人望着涉,一副难以置信的表情。

"我刚才感觉家里所有的餐具都会被震碎,这样的话……"涉说到这里,欲言又止。

女人默不作声,涉还想说些什么,但又说不出来。

"对不起。"

涉好不容易挤出这么一句,然后拿起基诺里的咖啡杯,小心翼翼地放回到盒子里,盖上盖子。

"这样的杯子,还是不适合我。"

他用包装纸包住盒子,再用红绸带系起来,想恢复它最初的模样,却包得杂乱无章、皱巴巴,红绸带也系得歪歪扭扭。

女人的那张脸,我看得非常清楚。她睁大了眼睛,眼线画得一丝不苟,睫毛上涂着厚厚的睫毛膏,唇线鲜明的红唇轻轻颤动着,一言不发地看着涉笨手笨脚地重新包装,默默地接过他递过来的盒子。

然后,她抬起头,目光凌厉,说道:"还是忘不了太太吧。"

"不，不是因为这个……"涉嗫嚅着说，"不是这个……我是因为它……"

涉抓着我的把手拿起来。

"这是什么？"

"三角龙啊。"涉兴奋地说道，"这三只角多好啊。"

女人目瞪口呆，沉默了片刻，开口说："我走了。我做的事好像多余了，自讨没趣。"

她似乎在压抑着某种情感。

涉低头道歉："对不起。"

女人抓起纸袋，逃也似的走出玄关，接着砰的一声，传来关门的声响。皮鞋的脚步声逐渐远去。

涉把我清爽地洗了一遍，放回控水架上。然后打开橱柜，仔细检查每一件餐具是否被震坏。

我坚信，那个女人再也不会到这儿来了。

这时，又发生了地震。震级比刚才小，但时间更长。我在控水架上不停地颤动，望着紧紧扶住橱柜的涉。他视线的正前方就是我。我们互相对视着。我的身子在嘎哒嘎哒颤动，心想，我赢了。

竟然把什么基诺里咖啡杯送给涉,简直太可笑了,我咯咯地笑起来。

我就是涉最喜欢的三角龙,有三只角。这才是最好的啊。

涉,请摸摸我。

蓝色攀登架

"附、身、者。"

他说"你念这个",我就照着念了出来。他竖起一根白色的手指晃了晃。

"不对。你没有把'使'字念出来。应该是'附、身、使、者'。"

"附、身、使、者。"

"对,念得很好。那么,你想让我这个附身使者做些什么呢?"

"……"我歪着脑袋,觉得莫名其妙。

"噢……"他呆呆地张开两个圆洞,"怎么说你才能明白呢?这么说吧,就是你想变成什么,就能变成什么。你想变成什么呢?请说出一件东西。"

"我想变成的东西?"

"对。但不能变成活的。"

"猫怎么样?"

"猫是动物,已经有灵魂住在它身体里,所以不行。"

"狗尾草也不行吗?"

"狗尾草也是活的。它是植物,灵魂多少有点抽象,但的确存在。"

"为什么要变成别的东西?我为什么会在这个地方?"

"刚才告诉过你了,你已经死了。"

"嗯……"

"人死了,身体就没了,明白吗?"

"嗯。"

"所以,你要变成另外一样东西,来代替自己的身体。这就是附身使者的工作。"

"嗯……那这样吧,我要变成蓝色的。"

"蓝色的?"他那两只又黑又圆的眼睛中间忽然裂开一道缝。

"蝗虫公园那个蓝色的,可以爬上去。就是最高、最厉害的那个……"

"蝗虫公园……"他一边说,一边呼啦呼啦地挥动着双手,似乎在看着什么,"啊,我知道了。你说的是秦山公园吧。"

"有很多蝗虫,会飞……噼啪噼啪的。"

"噢,有蝗虫在飞,还有高高的蓝色的东西,很厉害。你说的是攀登架吧?"

"还有单杠、滑梯和沙坑。啊,还有跷跷板。跷跷板是红色的哦。"

"好,我知道啦。你想变成蓝色的攀登架,不是红色的跷跷板,对吧。"

"嗯。蓝色的那个最高。大家都会来玩,有隆志、小翔、真美、千爱、小亚,还有阿甜……"

我高兴地蹦了起来,发现自己的身体轻飘飘的,跳起来像浮在空中,很有意思。

"噢,不要在这里到处蹦哦。一不小心,就会不知道蹦到哪里去,再也回不来了。"

不知道自己会飞到什么地方去,我可不喜欢。我要变成那个蓝色的东西，于是停了下来。

"嗯，那就这样定了。蝗虫公园的蓝色攀登架。这不是你家里的东西，可以吗？"

我想起妈妈，大声说道："我经常和妈妈一起去蝗虫公园。所以，妈妈也会到公园来的！"

"也许会来……"他的嘴巴变得像只饺子，逐渐消失，但立刻又啪的一下张开，说道，"好吧，那就这样。现在将你附身的东西设成秦山公园，也就是'蝗虫公园'的蓝色攀登架。好了，请你对着它吹一口气。"

他从手中取出一张亮闪闪的纸。我张着嘴，一直盯着这张纸。

"你先慢慢吸一口气。"

我猛地吸了一口气。

"好，吐出来。"

我努着嘴，对着亮闪闪的纸吐气。

我一边吐气，一边感觉自己的心不断远去。

好晃眼啊。我不由自主地闭上眼睛。

过了一会儿,我缓缓地睁开眼睛,发现自己在蝗虫公园里。正如那个白色的人说的那样,我变成了蓝色的攀登架。在公园里,我是最高的,一切都能看见。

小鸟在歌唱。

我第一次这么近距离听许许多多小鸟的声音,不由得脱口而出:"每当早晨来临,小鸟就欢快地歌唱。"

这是我曾无数次让妈妈念给我听的绘本上的一句话。现在正是早晨。早晨已经来临。

我又重复了一遍:"每当早晨来临,小鸟就欢快地歌唱。"

这时,一只绿色的小鸟停在我身上。

"你好,绿色的小鸟。"

我向它问好,它唧唧鸣叫两声,朝飘着薄云的天空飞去。

当小鸟的声音安静下来的时候,传来吧嗒吧嗒的声响,一个穿着幼儿园校服的小孩朝这边走过来。

来啊!来啊!我在这里。我是最高的蓝色。

"不是那边!"一个大妈在道路的那头喊道。

小孩子甩动着黄书包,回到大妈身边。那是我以前去过的"宝贝幼儿园"的校服和书包。对了,"宝贝幼儿园"在另一头,不在这边。幼儿园放学后,请再过来玩啊。那个黄书包里一定装着饭盒和水杯。

我的校服和书包如今还挂在我的房间里吗?

那时候,我的饭盒里总是装着我爱吃的汉堡包。妈妈用蛋黄酱在汉堡包上画出星星的形状,饭盒里还有煎鸡蛋和小西红柿。我还想尝一尝这样的便当。把椅子当作桌子,摊开手绢铺在上面,和大家一起用餐。

我们幼儿园有一个规矩,就是自己吃完便当,让悦子老师检查过空饭盒后,才能吃放在另一个小筐子里的水果。那天放的水果是柿子。我咬了一口,觉得有点硬。就在我心想这柿子不太好吃的时候,脑子忽然嗡嗡嗡一阵声音,特别疼,胸口感觉非常恶心,扑通一声,我就倒下了。

眼前一黑,就什么也不知道了。

等我醒过来的时候,就被那个白色的人叫去了。

我回忆起这些事情,看见一些还没到上幼儿园年龄的小孩子，还有推着婴儿车向我走来的大人。

小男孩用软软的手握着我，试图爬上来。啊，那个小孩子我认识，他是广木的弟弟真亚。

我听见有人说"真亚，小心点"，一看，原来是真亚的妈妈，正跟在摇摇晃晃走路的小宝宝后面。

对了，广木、真亚的下面好像还有一个妹妹。广木在换体操服的时候说过，"半夜里听见她哇哇地哭"，还说"她经常把嘴张得大大的，嗷地一声哭起来"。

广木模仿他妹妹哭的模样真有意思，惹得手里拿着运动裤正要换的我哈哈大笑起来。我说"真好玩"，广木说"纯，你家也快了吧"。是啊，我很快也会有个弟弟或妹妹了。今天妈妈还不来。好奇怪啊。是不是正在生小孩？广木的妈妈生小孩的时候，就是去的医院。

突然，我听见嘎的一声，原来不知什么时候，真亚爬到了我的顶上，高兴地晃动着小脚。

我用前些日子在戏剧中扮演的国王的声调对真亚说："好啊好啊，真亚，你都爬到这么高了。"

真亚抬头眯缝着眼睛望向远处。

真亚说:"我觉得自己当上了国王。"

我对他说:"是啊。爬到这么高的人就是这个公园的国王。"

真亚几次点头,似乎在回应我的话。

身后忽然有人大声叫喊:"真亚!"

我大吃一惊。原来是真亚的妈妈,她表情严厉地爬了上来。

"你怎么不听话,自己一个人就爬上来了,多危险啊!不是跟你说了吗?要等你长大以后才能爬到最高的地方。"

"可是,我自己一个人也能爬上来的啊。我不怕哦。我当上国王啦。"

"你瞎说什么!"真亚的妈妈从后面抱住他,"虽然今天你爬上来了,但对你来说,还是很危险的。下次爬攀登架的时候,妈妈和你一起。"

"嗯。"

真亚的妈妈抱着他打算下去。这时,真亚说道:"纯在这里。"

"哦?"

原来真亚知道我在这里啊!

"广木哥哥说,纯在天上。"

噢,不对。我就在这里……

"啊,是的。纯在天上呢。好美的天空啊。"

连真亚的妈妈也这么说!我很失望。他们都看着天空,我也抬头看天。早晨的薄云已经完全消散,蔚蓝的天空一望无际。

广木在撒谎吧。我根本就没有到天上去。真亚、还有真亚的妈妈,刚才还踩在我身上,怎么就没有感觉出来呢?难道就没人感觉到我吗?

我往下一看,只见一个阿姨抱着真亚的妹妹朝我们这边挥手。

忽然刮来一股冷风。

"天变冷了。"

真亚的妈妈自言自语,然后抱着真亚慢慢从我身上下去。

我看了一眼公园的长椅,一个系着领带的大叔正在吃从便利店买来的便当。大叔注视着米饭上那一粒红红的酸梅干，一脸珍惜地放进嘴里，微张着嘴品味。他瞟了我一眼，然后用筷子扒米饭。

"大叔，好吃吗？"我问他。但是他连头都不抬，狼吞虎咽地埋头吃着没有菜的白米饭。吃完以后，他长吁一口气，浑身抖了一下，嘟囔了一句"真冷"，就站起来，把饭盒扔进垃圾箱里，竖起衣领走了。

在观察大叔的这段时间里，公园里一个人也没有。能听见远处有说话声，但看不见人。我想到有说话声的那个地方去，身体却无法动弹。

对了，我已经动不了了，因为我变成了蓝色的攀登架。即使只有我一个人在这个地方，也必须忍耐。

寒风从我蓝色的身体中间呼呼地穿过去。真冷。

妈妈，你不来吗？妈妈，你来啊！现在就来。妈妈、妈妈、妈妈、妈妈、妈妈、妈妈、妈妈……

我想妈妈想得太厉害，脑子都有点迷糊了。

我听见有人踩着落叶的声音。是妈妈吗？啊，不是。是隆志。他把脚踩在我的身上。

"隆志,你知道我妈妈在哪里吗?"

隆志没有回答,双脚勾在我身上,身体倒挂过来。

"隆志,别玩了,回答我啊!"

啊,不知道什么时候真美也来了,用手握着我。真美很温柔,我想她会告诉我的。

"真美,妈妈一直没有来。你知道是怎么回事吗?"

我刚一问她,她就松开握住我的手,跑开了。她跑到妈妈身边,张开双手抱住她。妈妈把她抱起来,我看见她高兴的笑容。

哼!

我本来以为真美一定会回答我的问题,可是……我一直很喜欢真美,现在讨厌她了。我以后再也不和她玩了。隆志,你别老是这么倒挂着,说话啊!

就在这时,隆志哧溜一下滑落下来。

"啊,好痛!"

阿甜立即跑过来。

"不要紧吧?没受伤吧?"

隆志摆着手说:"嗯,好像没事。"

"没受伤就好。"阿甜一边说,一边抚摸他的手。

隆志对阿甜说:"去我家玩吧。"然后拉着她的手,两人一起跑走了。

先别走啊,我还想和阿甜玩,想和她说话呢,隆志,别这么急急忙忙就走了。

这时,我感觉后背凉飕飕的。有人说"下雪了"。雪花从阴沉的天空飘落,越下越大。冰冷的雪花落在我的身体各处,堆积起来。

大家有的抬头望着天空,有的四处跑着。这时,园内突然响起《欢迎回家》的音乐,带着让人有点伤感的旋律。

必须回去了。要走了。再见。拜拜。

大家都陆陆续续离开,消失在公园。

大家就这样回去了吗?再多待一会儿啊。要不把我也带走。我很帅气的哦。和我一起玩很快乐的哟。

……

谁也没有回头看我一眼。谁也没有听见我的声音。一个人也没有。

公园里空无一人，天也黑了下来。从漆黑的夜空飘落的白雪，朦胧地映照出四周。雪花纷飞，越下越大。

雪很美，也很冷，而且总觉得有点可怕。我独自一人在这么冷的天气里，真害怕。

真冷。太冷了，冷得令人发困……

我睡着了。

窸窸——窣窣——

我听见有脚步声传来。

"雪……"有人用手指摩挲着我身上的积雪，"冷、真冷……雪。"

"雪……"是婴儿的声音。

"对，雪……"

妈妈抱在怀里的婴儿好奇地用小小的手指抚摸我身上薄薄的积雪。

妈妈抬头说道："冷吧……"

我看着她的脸，心情无比激动，兴奋地叫起来：

"妈妈！妈妈！你终于来啦！"

妈妈戴着黑帽子,围着红围脖,怀里抱着裹着毛毯的婴儿站在我面前。这婴儿是我的妹妹,还是弟弟?

"美奈,这个啊,是攀登架。"

美奈?那就是女孩子啰。

"美奈,这是你哥哥纯非常喜欢的地方。"

妈妈把手放在我身上,抚摸般轻轻地将积雪拂去,然后紧紧地握着我。

妈妈的手非常温暖。

"纯,你非常、非常喜欢爬到最高的地方。还想爬得更高、更高,是吧。"

妈妈抬头看着我。

"妈妈,不要紧。我已经变成了攀登架,因为喜欢爬到高的地方,才变成了这个。"

"等你再长大一点,妈妈会经常带你来这里玩。"妈妈对美奈说道,"今天很冷,我们回去吧。"

妈妈低声哼唱"风儿啊,风儿啊,把雪花吹来吧。雪花啊,雪花啊,来到这儿吧",转身走出了公园。

妈妈也没有发现我在这儿。可是,她一定会发现的。

因为她是我的妈妈。

妈妈,你再来吧。

带着美奈再来吧。

一定要来啊。

因为我是一个乖孩子。

檀 香 扇

我感觉到光线。因为抽屉被拉开了。

我全身沐浴在透过玻璃射进来的正午的阳光下。而且眼前是……

"好久不见了。滨老师。夏天又来了。"

老师满怀怜爱,轻轻抚摸着我,然后慢慢打开,用我扇风。

"今天更加闷热了。"

我听着老师近在耳边的声音,边摇晃边注视他微白的脖子和泛红的耳垂。他的脖颈上,一粒汗珠晶莹发亮。

"天气真的热起来了。"

是师母的声音。两个人看上去都很健康。这很好。

师母说:"今年还是第一次用这扇子吧?"

"是啊。"

没错,老师。我一边送风过去,一边在他耳边低语。

"这把檀香扇……"师母轻声说道,"一闻到这香气,就想起桃子。"

"想起桃子?是吗?"

"嗯。桃子的香气。她身上总是带着檀香的气息。应该经常点檀香。"

没错。我总是在房间里点檀香。看来师母注意到了这一点。

"你手里的这把扇子是桃子送给你的吧?"

师母记得很清楚!

"是吗。大概是。"

滨老师,请您也要记住啊。我用开玩笑的口气对他说。老师的耳后挂着一道汗水,使劲地摇动着我。

我一边急速地摇摆身子,一边想:老师,其实您应该不会忘记。只是因为对着太太,只好那么说。不过,您用不着这么小心翼翼,其实师母什么都知道。从我这个角度可以看见师母在您的身后窃笑。

老师的嘴角微微上翘。今天他们又是微笑着一起度过美好的一天。今年夏天我又能见到老师和师母,心里非常高兴。

那时,我脱口而出自己挂念的人……

"我挂念的人……"

虽然我心直口快地蹦出这句话,但下面的话一下子接不上来。我没有结婚,父母亲也早已过世,没有亲人。但是,要说我完全没有挂念的人,那也不是。

"您挂念的人?"

这个自称附身使者的人重复着我说的话。

我略加思索后说道:"要说我没有任何挂念,也不是……"

"是吧。"他显得很高兴,黑色的眼睛充满笑意。

"我是滨老师的弟子,我本想一直照顾他。"

"滨老师,他是您的书法老师吧?"

"是的。没想到我死在他之前。滨老师现在过得怎么样?要说不挂念,那是假的。"

"那么,您想变成滨老师家里的什么东西呢?"

"嗯,可是我……"

"有什么顾虑吗?"

"我不想打扰老师的生活。我也非常喜欢师母,并不想窥视老师和师母的家庭生活。"

"是吗。这样的话,您当然也可以取消这个计划。"

"可是,我有时又想看一看老师,在老师的有生之年。真的,有时会冒出这个想法。"

"那您变成老师偶尔使用的东西,不就可以了?"

"偶尔……"

我自言自语,忽然想起自己送给老师的一把檀香木折扇。那是我二十多岁去中国旅游的时候购买的,送给老师作为纪念。记得老师十分愉快地接受了这份小礼物,他的笑脸至今依然历历在目。

"这个太好了。我不喜欢空调,有了它就好过了。"

老师说着,当场打开扇子扇了起来。

"这是檀香扇呀,气味芳香,做工精致,真是把好扇子。"

后来每到夏天，老师都会取出这把折扇，揣在怀里。有一次扇钉坏了，弄得扇骨散架，他还特地拿去修理。

老师现在一定还在使用这把折扇。

果然不出我所料。当我附身到折扇上，第一眼看到的是教室的天花板。不知道是谁，竟把墨汁溅到了天花板上。

教室里还是老样子。墨香。轻微的说话声。叠纸的声音。毛笔在半纸①上滑动的声音。

我在这里学习了几十年，充满了深厚的感情。

是老师把我领进这间我最喜欢的教室。

就在我陷入回忆时，老师温柔地把我打开。

一股檀香木的香味飘散开来。

老师，师母说闻到这股香味就会想起我。其实，这是老师的香味啊。

我第一次和老师相遇，擦肩而过的时候，就闻到一股不可思议的香味，不由自主地回过头。

当时老师身穿深蓝色碎白点花纹的和服。我穿着一

---

①指一种长24–26cm、宽32–35cm的日本纸。

身校服，那时我才十六岁，还是个高中生。

那独特的香味和颜色鲜亮的和服让人着迷，我情不自禁地停下脚步，静静注视着老师。老师发现我在看他，便温和地问道："有什么事吗？"

我没想到他会和我说话，大吃一惊，不知如何回答，赶紧跑走了。那次真的很没有礼貌。

现在回想起来，那时候的老师还相当年轻，可是在我的眼里，却是一个带着独特香味、身穿和服的大叔。虽是大叔，那种俊美的仪态却深深地铭刻在我的心间。

当时我正在去牙科医院的途中。等到了医院，在候诊室里，我随手拿起一本杂志翻看，忽然发现里面刊登着一张与刚才遇见的那个人样子完全相同的照片，不由得惊叫出声。

深蓝色碎白点花纹的和服，温和的笑容，还有梳理整齐的头发。

我专注地看着照片旁的说明："书法家滨司郎先生"。

这是一篇采访，长达数页，字里行间充满了老师对书法深厚的感情。我仿佛从杂志上闻到了刚才那股醉人的香味。

坦率地说,我之前对书法毫无兴趣。但看了这篇采访,却不由自主地从书包里掏出学生手册,把老师的名字记在上面。

滨司郎先生。

我一边用舌尖舔着刚刚治疗完毕的白齿,一边聚精会神地凝视着记在手册上的名字。

后来的日子里,我生出了想再次见到老师的强烈愿望。

第一次是偶然的擦肩而过,可紧接着就在杂志上看见他,这让我心旌摇曳。

其实只是一次偶遇,但还是少女的我不禁怦然心动,认定这是命中注定的邂逅。我强烈地感觉到,自己人生的归宿说不定就在这位滨司郎先生的身边。

真想沉浸在那种独特的香气里,走进老师所热爱的世界。

我在电话本上寻找老师的书法教室。因为我是在家附近的路上遇见他的,便认定他的教室就在这一带,于是挨个打电话过去问，可是并没有找到他。

其实当时老师只是恰好来到我居住的这个小镇旅游，在街上散步，偶然与我相遇。不过，我并不知道这些。

经过大约半年的努力，我最终放弃了寻找老师的想法，打算开始练习书法，踏入老师的世界。

最初，父母对我的决定大吃一惊。我这个平时把毛笔使劲蘸满墨汁就扔在一边、字写得一塌糊涂的女儿，竟然一本正经地宣布要学习书法。

不过，父母还是很高兴，他们说能写得一手好字是求之不得，况且还是我主动想学。

说起来，在这之前我还从来没有全情投入地认真做过什么事。

我找了一个离家最近的书法培训班，和小学生们一起从基础开始习字。教室非常小，但老师细致耐心地教我们研墨、执笔、姿势等常识。大概因为我比任何人都热心用功、刻苦钻研，老师对我也格外用心指导。

我也不知道自己为什么对学习书法有这么大的动力，反正十分努力。我相信，只要努力学习，总有一天能见到滨老师。

后来,我在各种书法比赛中获奖。终于在一次滨司郎老师担任评委的比赛中与他再次见面。

我心情异常激动。从第一次偶遇算起,已经过了五年的岁月。

"担任评委的是滨司郎先生。"主持人的这句话从扩音器里传出,暖透我的心底。

终于见到老师了。我找了好久啊!

我压抑着心头翻腾的情感,聆听着老师激励的话语,从他手里接过奖状。和第一次相遇的时候一样,老师依然散发出同样的香气。

我的双手颤抖了吧?

我的眼睛湿润了吧?

在获奖庆祝会上,我问到了老师的联系方式。

我从大学退学,在老师家附近赁屋而居,请求成为他的入门弟子。

老师惊讶地说:"你做事真够大胆的。"

我说:"这是我几年前就有的愿望,绝不是一时冲动。"

"你坚持上完大学不是更好吗?"

老师为我担心,曾劝说过我好几次。但我的决心经过多年的磨炼,如磐石般坚硬。

最后,老师堆挤出眼角的许多皱纹,笑着说道:"我佩服你的意志。"

突然出现的我大概就像一个主动上门、非他不嫁的女人,老师却接纳了我。我心里充满感激。

我在中国买到檀香折扇的时候,一下子就醒悟过来:就是这种香味。

老师好像没有焚香的习惯,但是墨香与他身体的气味混合在一起,形成了类似檀香的气味。

此后,我每天都在自己的房间里点燃檀香线香。

所以,现在我身上的气味既是自己过去身上的气味,同时也是老师身上的气味。

师母突然说道:"桃子不是喜欢你吗?"

"瞎说些什么啊?像我这样的老头子,不可能的事。"

不,老师,师母的话千真万确。

我喜欢老师。很早很早以前就喜欢上了。大概从十六岁那年,第一次在路上与老师相遇的时候就开始了。直到现在。

师母对老师的话充耳不闻,继续说道:"你对桃子也未必没有意思吧?"

两个人沉默下来。

老师摇动我的手也停了下来,平静地说:"桃子这个学生的确很可爱,从这个意义上说,我对她怀有好感。"

我的心怦怦直跳。

"是啊。我也把她当作女儿一样看待。"

师母,谢谢您。我很高兴,非常高兴。我没有忘记师母对我的关爱。

记得有一天,师母手掌上放着一个大桃子,用调皮的口气问道:"桃子你喜欢桃子吗?"

"当然。"

"那我教你切桃子的好方法。"说着,她把我带到厨房,"首先,入刀口要选在这里。"

她把刀尖对着桃子下凹的部位切进去,上下一个翻转,"然后,双手轻轻捏着桃子慢慢一扭,你看……"

简直就像变魔术一样,桃子裂成两半,其中一半带着核。师母将还带着皮的桃子切成月牙状,然后去皮去核,摆放到有田烧的盘子里。师母亲手细致切好的桃瓣在盘子里闪烁着美丽的光泽。

我欣赏着桃子,佩服地说:"真漂亮。"

她说:"你要是就这么啃着吃,当然也可以。"我想象师母捧着桃子啃的景象,不由得扑哧笑起来。

师母说:"趁新鲜,我们把它吃了吧。"

桃子很甜,果肉细腻爽口,又很大,吃得肚子都饱了。老师去外地演讲不在家。师母切的桃子,又是背着老师吃,有一种特殊的味道。

师母没有生孩子,感觉有点冷清,但总是保持着一份少女般的天真。

我在教室里为上课做准备的时候,总是看见老师和师母亲密地坐在一起眺望着庭院,心里十分羡慕。尽管我现在可以离他们这么近……

傍晚,孩子们到教室集合。

夜晚,成年的学生们来上课。

熟悉的面孔，亲切的文字。

这个孩子、那个孩子、这个人，还有那个人……孩子长大了，大人逐渐老去。所有的人都一丝不苟地练习今天的、此刻的字。

今年夏天，教室一如往日般热闹。柱子上贴着学生的作品，隽永的文字散发着墨香，我看见老师朱红色的批改字迹闪耀着美丽的光彩。

我被折叠起来，放在桌子上，却又不时被老师微汗的手拿起来，打开扇风。

老师是给自己扇风，但是我希望这股轻风能在教室里宁静地循环。

我打心眼里喜欢这间教室。与其说是喜欢，不如说是我"成长的据点"。

正是在这间教室里，我度过了少女时代，长大成人，后来成为老师的弟子，在这里工作。

和热爱书法的人第一次见面，就可以立即敞开心怀。长大以后，尽管我还是不善交际，但借助书法很容易与别人亲切交往。

多么愉快的过往。

我想,十六岁时感觉到的"命运"是真实的。

从小桃子、到桃子、再到桃子老师,人们对我的称呼逐渐发生变化,但我在这里度过的每一天都饱含着初遇时的温暖,也混合了后来寂寞的滋味。

是的,我也有寂寞的时候。

我只能带着心灵的隔膜与我最爱的人见面。我真想让他紧紧地拥抱我……

这是未能实现的愿望,也是不可实现的愿望。我也曾在清晨梦见老师而哭着醒来。

滨司郎老师,我喜欢你。

我在檀香木的香气中自言自语。这充满香味的风、这满含我心意的空气,能否传入老师的耳朵,抵达他身体的各个角落?

"没想到桃子比我们先走了。"

听到师母的这句话,我心头猛然一惊。

师母接着说:"要是我先走了,桃子也会高兴的吧……"

老师把我合起来,放在桌子上,站起身。师母背对着老师,凝望着庭院。老师站在师母身后,将双手轻轻地放在她肩膀上,说道:"桃子不爱听你说这样的话。"

……是的,当然,老师。

酷热的夏季过去了。我又被小心地收到黑暗的抽屉深处。

滨老师,明年再见。明年夏天,我们再见面。

每当夏天来临,请您把我打开。

胸牌

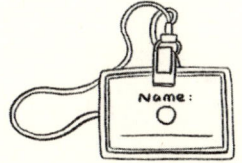

我已经一无所有。活到这么大岁数，我也拥有过各种各样的东西，但现在一切都已失去。

最后终于无家可归，身无一物，苟且地活着。午夜梦回时，我都会想，这种日子还要延续多久呢？每天都在想：今天就是那一天了吗？是我人生的最后一天吗？老实说，我想过尽快结束这样的人生。

对我来说，最后的快乐之地就是每天上午十点开门的图书馆。那真是一个好地方，一个难得的好地方。可以避风躲雨，而且冬暖夏凉。

我总是在椅子上打盹。那把椅子的布面已经褪色得相当厉害，也许有人抱怨这样的椅子又破又硬，但是我十分满足，坐在上面心情舒畅。

我尤其喜欢正中间靠里、面朝墙壁的那把椅子。因为，嘿嘿……能清楚地看见她——小雪。

小雪，就是图书馆借书处的管理员，但是小雪……啊，我出汗了。噢，没出汗吗？我已经出不了汗了。

总之，发生了很多事情。不过一切……都已经失去了。嗯，这个我刚才已经说过。

所以，要说我还有什么留恋，有想再见一次的人，那就是小雪。我不借书，却每天都去图书馆报到，呆呆地坐着。面对我这样的老头子，小雪也总是笑脸相迎。

那是叫借书卡吗？就是借书的时候需要用的那张卡。那玩意儿，我原先也想办一张，就向管理员提出来，可是没能办成。因为我没有身份证啊。我就是我，这就是确凿的证明，对吧？

"对不起。"小雪满脸歉意地说，"不过，以后您可以继续到图书馆来。"

我听了特别高兴，高兴得眼泪都出来了。

在这个地方落泪还挺难为情的。我生怕被别人看见，赶忙躲到书架中间，装作蹲着找书的样子。

要问我怎么知道她叫小雪的？小雪就是她的名字啊。这个……你瞧，什么顺子啊、由香里啊，你会想到那种地方的小姐的名字吧？但这是她正儿八经的姓氏。

图书馆的每个人胸前都别着胸牌，上面只写着姓，不写名。不过有两个姓田中的，一个写着"田中靖"，一个写着"田中优"，所以她们胸牌上的字比别人的小。

罢了，说这个干吗，无关紧要。

对了，说回小雪，我第一次看见她的胸牌上写着"小雪"时，心头一惊。因为会想到顺子啊、小百合啊之类的名字，还觉得这名字挺可爱的。但过了好久我才意识到，别人胸牌上的田中、中田都是姓氏，胸牌上的"小雪"两个字原来也是姓氏。不过，小雪就是小雪，在我的心里，她的名字就是小雪。

小雪待人亲切，长得又可爱。我一边装作看杂志，一边时不时瞟她一眼，心想要是自己生下来也是这个模样该多好。

怎么说呢，我觉得小雪的一切，都那么讨人喜欢，可能的话，自己也想变成她。当然这是不可能的，其实说真的，变成小雪这种想法简直是不知天高地厚，狂妄至极，不是什么无法想象，根本就不该这么想，况且是我这样一个苟且偷生的人。不过，我还是不死心，心想能不能变成她身上的一部分呢？

于是我想到：要不变成小雪的名字……

就是那个胸牌。我想成为小雪胸前的胸牌。虽然我成不了她，但变成她的名字，就仿佛变成了她。当她把胸牌别在胸前，在我喜欢的图书馆里工作，我也就像和她在一起工作。

因为是别在小雪的……噢，她的胸前。所以，小雪能看到的世界，我也能看见。我想和她一起看看这个世界。

就是它，胸牌。

我想变成她的胸牌。

当时，那个自称附身使者的人对我的想法大为赞赏。

现在，我就是小雪用别针别在黄色工作围裙上的塑料胸牌。

早晨,她会用手温柔地把我从黑暗的储物柜里取出来,我作为胸牌待在她的胸前。又温暖又柔软。我心里充满感激。

而且,在这个好位置,凡是小雪能看见的东西,我也能看见,这真让人高兴。

我从她胸前能清清楚楚地看到以前常坐的那把椅子。本来只是想瞧一眼,不料竟看得如此清晰,感觉有点,不,是相当难为情。因为我总在那把椅子上睡觉,样子寒碜。不过真的很舒服。

现在,一个脏兮兮的男人坐在那把椅子上,肆无忌惮地叉开双腿,不成体统。

我想自己也给图书馆造成了很多麻烦。生前本应该向他们道个歉,向小雪、向这里所有的工作人员、向前来借书的人……

正当我认真想着的时候,眼前忽然出现几本叠放在一起的厚厚的书。抬头一看,一个胖墩墩的大妈站在面前,态度蛮横,趾高气昂,不吭声,也不拿出借书卡。

小雪和蔼地问道:"是还书吗?"

"不,借书。"

她的口气粗野,仿佛才想起来似的从口袋里掏出借书卡,递给小雪。小雪把卡放在读卡机上,通过电脑确认,然后把印有还书日期的小纸条夹在最上面的那本书里。这一连串的动作十分流畅利落,无可挑剔。

"还书日期是十……"

当小雪打算把还书日期告诉对方时,那个胖大妈很不客气地打断对话:"这上面不是写着吗?不用你说……"

她抱起书,转身走了出去。

多么蛮横无理啊!必须向小雪道歉!我不由得火冒三丈。小雪却微微弯下腰,依然和平时一样,用清脆的声音说道:"谢谢。"

我看不到她的脸,不过她一定是面带微笑吧。小雪就是这样的人。

以后再遇到这种素质低下的人,你不能流露的恼火,就由我来替你发泄。我从这个胸牌把怨念投射出来。我能做的也只有这个了。

怨念。

不过，这种阴暗的热心肠也许会给小雪造成麻烦。我只想借用她的胸牌向她表示感谢，为她做点什么。

午休的时候，小雪打开储物柜，从皮包里取出金黄色手绢包裹的东西。我闻到一丝海苔的味道，那是她的便当吧。多么秀气的便当。

小雪在储物柜旁的休息室打开饭盒，里面装着炸胡萝卜丝鱼丸、炸牛蒡、魔芋、煮鸡蛋，大都是褐色的菜肴。大概昨晚吃的是关东煮吧，这些都是吃剩的东西。看来小雪很节俭。她总是一个人默不作声地吃午饭。

图书馆的工作人员不能一起休息，只能轮流午休。一个人这样在房间里悄悄吃关东煮，未免冷清。但现在小雪不是一个人，因为还有我这个胸牌陪伴着她，如果她想和我说话的话……

小雪每次用筷子夹起食物，我都能闻到香味。我虽然已经没有消化器官，却好像感觉到肚子饿了。当小雪吃完饭，把筷子收起来，我也似乎感觉吃饱了，得到了满足。

一起吃饭，就是共同获得满足。所以，热恋中的人说"一起吃饭",就是出于这种考虑吧。

哦,一直忘记说了,现在才想起来。别看我这个穷酸样,过去,在久远的过去,也有一个和我一起吃饭、一起生活的女人。因为穷,我们极少到外面的餐馆吃饭,总是把吃剩的东西稍微热一热,勉强对付。但不是太辣,就是太甜,那个女人做的东西实在难以下咽。

现在想起来,和自己到处流浪的时候相比,其实那个女人还是不错的,要是我当时能夸夸她做的饭菜好吃,哪怕是口是心非地奉承几句,兴许她也不至于突然收拾行李离家而去。

我回到家里,发现除了自己的衣服,其他一切都已空空荡荡。我一下子无法理解这个事态,不由得笑了起来。啊,没想到这个房间还挺宽敞。我只是傻笑着。

哈哈哈。

走就走吧,无所谓。

小雪走到盥洗室刷牙。吃过饭后,她一定会刷牙。小雪很爱干净。

噗!小雪吐出来的牙膏泡沫溅到了我的身上。她照镜子的时候看到,就用手指抹掉。

我认真地看着镜子里的小雪,真漂亮。即使看一天也看不够。

不过,小雪抹完口红就立即离开了镜子。下一次看见她的脸蛋,要等到明天午饭后了吧。

她又回到图书馆借书处这个固定的座位上。还是这个地方最让她心情舒畅。

书架上的书籍码得整整齐齐,看上去赏心悦目,那里面蕴藏着多少令人目眩的故事啊。这是系着围裙的工作人员每天不停地辛苦整理出来的书架。所有的书籍都在静候着人们的挑选,找书的人在书架间缓缓地走动。

多么安静……

啊!

"对不起,小弟弟,不能这样到处乱跑呀,也不能怪声怪叫。那位是孩子的妈妈吗?请您先管好孩子,再挑选绘本。"

一个男孩跑到跟前。不,是小雪去追那个男孩。

"别乱跑,这样很危险。"

小雪抱住孩子。小男孩立刻安静下来,流着口水,用他湿漉漉的食指捅着我。

喂,别这样随便乱捅,里面可是小雪的……

我想到不该想的景象。对不起,小雪。可越是觉得不该想,脑子越是不由自主地浮现出那圆鼓鼓的模样,真没办法。

我真想直接沉入她温暖的怀抱。

"还有人没办理借书手续吗?"

小雪响亮的声音让我回过神来。馆内流淌着《萤火虫之光》的音乐,闭馆时间到了。这音乐让我心神不宁。对我来说,播放这首音乐的十分钟是一天中最烦躁悲伤的时间。

结束了。结束了。今天图书馆的开放时间结束了。

为什么一切事物都有结束的时候呢?要是图书馆一直开放,可以一直坐在那把椅子上,该多好啊!

那个霸占着我喜欢的椅子的家伙也极不情愿地站起来,双手插进口袋里,微微驼着背,走出自动门。办完手续的人们也一个个离去。

再见。还书的人们,借书的人们。还有只是坐在椅子上什么也不干的人们。

最后,图书馆里只剩下工作人员。几乎可以肯定,那些被人坐过的椅子,正在昏暗中静静地叹息。

"辛苦了。明天见。"

小雪走来走去,紧张地整理着图书。我也跟着她看到图书馆的各个角落。作为小雪的名字,我自言自语地说出自己的愿望:但愿这个宽容的地方能永远开下去。

"小雪,听说你结婚了,是真的吗?"

什么?

"是啊。我昨天去市政府办了户籍变更手续。"

哦……

"哇!祝贺你啊!"

"真棒。"

我浑浑噩噩,耳边忽然响起刺耳的声音:"什么时候举行婚礼啊?"

"不办婚礼。"小雪没有停下整理书籍的手,回答道,"我们没什么钱,而且住在一起好几年了,所以决定登记一下就好。"

哦,原来是这样啊。小雪一直和那个男人在一起生活吗?我坐在那把椅子上看着你的时候,你笑着对我说"请您以后继续到图书馆来"的时候,就已经和丈夫住在一起了……

"这么说,小雪你也没戴婚戒啊。"

"婚戒?"小雪张开左手,"要是戴戒指,损坏了这些宝贵的书,不是不好吗?"

啊,小雪。多么真诚正直的小雪。

"可是既然结婚了,姓氏也要变吧?"

"嗯,是啊……"

"改成什么姓啊?"

"川中岛。"

"川中岛?感觉很不一样哎。好像过去打过仗一样。"

"嗯,是的。"

"那你的胸牌也要换一个新的。"

"胸牌……"

小雪自言自语,然后握住了我。我感觉她握着我的力道发生着微妙的变化,似乎在考虑什么。

胸牌,那就是我啊。难道这么快……这可真是始料未及。成为她的名字不过是我狂妄的想法,是我不对。你放心地换新的名字吧。我会作为小雪你的胸牌尽到最后的职责,并送上衷心的祝福。

"不改姓了。"

什么?

"小时候,大家都笑我这个姓像名字,所以我非常讨厌这个姓。但一想到如果更换新的胸牌,这个姓就不能使用了,突然又感觉恋恋不舍。"

小雪把我从围裙上摘下来,目不转睛地凝视着我。我映照在她那乌黑明亮的大眼睛里。

"再说了,那不也可惜这个塑料胸牌了吗?"

周围响起轻微的笑声。

那么,你就一直都是小雪。小雪,祝福你。祝你永远幸福。

在灯光微弱的图书馆里,小雪得到了同事们小小的祝福。我也一起献上一份心意:衷心地祝福你!

"那不也可惜这个塑料胸牌了吗?"小雪的声音长久地在我的心中回响。

是的!那真是可惜了,小雪。

悄悄话

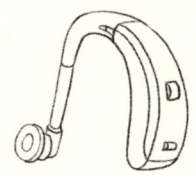

当时没想过那是不治之症。我真的不知道。

我从刚才开始就一直翻来覆去地思考这个问题。

眼前的人——像是人——对我说:你已经死了。请想一下,你想附身到什么东西上?

嗯?我反复问了好几遍,才终于明白对方的意思,但是我根本无法想象附身到物品上,只是呆呆地站着。

我一声不吭,久久地站立着。

对方似乎等得着急了,张开黑色的嘴巴:"真的想不出来吗?"

"噢,只是那个……妈妈……"我至今仍不能改口称妈妈为"母亲",难为情地吞吞吐吐:"嗯……我母亲现在怎么样了?"

"她还健在。"

"不,这个我知道,我是说她过得怎么样……我的母亲性格有点古怪,有时候真为她担心。要说有什么放心不下的话,就是母亲。"

"附身后能观察你母亲的情况,可以吗?"

"嗯,我想可以。不过,附身的人能不能阻止什么,或者劝说什么呢?"

"这不行。"对方即刻回答,"我只能让你附身在某样东西上,你可以通过这个东西观察世界,但不能按照自己的意志行动或者劝说别人。"

"只是变成某种东西一动不动,其他什么都做不了?"

"对,是这样。"附身使者说着,身体变小了一圈。

"连悄悄话也不行吗?"

"不……"

在对方冷漠拒绝之前,我用话堵住了他的嘴:"我的妈妈,哦,不,我的母亲近来耳朵很不好,要戴助听器。如果我能变成助听器,不是可以对她说悄悄话吗?"

"如果你想成为助听器,大概可以。但是不能发出声音。"

"不出声音,不是还有声波吗?说不定能心灵相通。"

"总之,你试一试助听器吧,我已经准备好了合同。"

附身使者从手中取出一张轻飘飘的纸,上面写着"妈妈、助听器"几个字。

"这里写着你的心里话。"附身使者露出一丝微笑。我生怕不留神说出"妈妈"两个字,勉力提醒自己。他是否已经看穿了我的心思呢?要是这样的话,我大可不必慌慌张张地掩饰,那样只会让自己更难堪。

是妈妈让我叫她"妈妈"的,打小的习惯已经渗到骨髓里,无法消除。

那样固执、任性、严厉的妈妈。

可我为什么还要特意去见她呢?心里虽这么想,我还是按照附身使者的吩咐,朝那张纸吹了一口气。

传来沙沙的声音。手掌从我面前横穿而过。那是一只布满皱纹的发红的手,是妈妈的手。沙沙声是妈妈在梳头。

我变成了妈妈的助听器。

桥本内科医院的广告牌,像胳膊一样横伸出来的松枝,略微凹陷的护栏,多么熟悉的景色。我摇晃着慢慢走过从家到车站的路。

妈妈在走路。妈妈要去哪儿?

今天乖乖戴着助听器呢。还是戴着更安全方便吧。以前妈妈可很不情愿戴。

最先劝她戴助听器的人是我。

不记得从什么时候开始,我对妈妈说话,她连头都不回。我当面和她说话,她也露出惊讶的表情,甚至大声叫嚷:"你的话我听不明白!"然后站起来,气冲冲地走掉。

当时我以为是她心情不好。可是当她把电视机、收音机的声音开得越来越大,我才意识到妈妈耳背了。

不是她心情不好,而是她听不见我的话。

后来,我就大声和她说话,她也大声回答。两个人都大声说话,就像吵架一样。

"门外的电灯不亮了。"

"嗯,你说什么?"

"跟、你、说……门外、玄关的电灯不亮了。"

"电灯?不亮了,赶紧换一个啊。"

"是要换。因为不亮了,我只是告诉你不亮了。"

"什么事都告诉我,真烦人。"

"妈妈,你的声音才烦人呢。"

本来一句平平常常的自言自语,有时候就真的这样吵了起来。

我受够了互相叫嚷,于是劝妈妈戴助听器。然而不出所料,我一提出这个建议,她立刻火冒三丈。

"你把我当傻子啊!你把我当老太婆对待!我没你想得那么老糊涂。你这个混蛋!你忘了,是谁把你养大的。你这个忘恩负义的家伙,就盼着我变成老太婆吧?告诉你,我不会像你希望的那么快死!"一串连珠炮般的谩骂劈头盖脸砸了过来。虽然在某种程度上我有思想准备,但听了还是非常受伤。

她不单是不听我的话,实际上和所有人已经无法正常对话,后来在医生的劝说下,她才戴上了助听器。

托妈妈办点事,真是身心俱疲。哪怕一件再小的事,她都得完全按照自己的想法去做,否则心里就不痛快。

叫我妈妈。
看着妈妈。
听妈妈的话。
妈妈永远都不会错。
妈妈永远都是对的。

妈妈是我的"绝对"。我强烈地渴望从她的"绝对世界"中逃出来,于是结了婚。但出于这个目的匆忙结合的婚姻并不美满。

无论是婚前、婚后,还是离婚后,妈妈都把我的丈夫贬得一文不值。这也不行,那也不行,不过她说的倒也是事实。我之所以不爱丈夫,可能是因为心里也赞同妈妈对他吹毛求疵的指责。

即使真有缺点,如果没有意识到那是缺点,也就不成其为缺点。所以,不故意寻找对方的缺点,就可相安无事。

我讨厌听妈妈不留情面地叱骂丈夫。但是,我听了。我不得不听。妈妈以"母亲天然的权利"以及"子女天然的义务"为由,跑到我家里来,甚至逼着我回娘家。

丈夫在隔壁房间看电视,妈妈也会大声对我叫嚷:"这种窝囊废!"我知道她是故意冲着丈夫说的,不由得怒上心头。可是她耳朵听不见,兴许是因为耳背才那么不分轻重大声说话的吧。

总之,三天两头发生这样的事情,导致我们夫妇矛盾不断。妈妈还不知疲倦地加深我们之间的鸿沟。

当我把离婚的消息告诉妈妈时,她竟然说"你怎么干出这种丢人现眼的事",简直让我目瞪口呆。我反驳道:"你不是原本就反对这桩婚事吗?"她怒气冲冲地责骂道:"怎么?你还赖我啊!"然后补充道:"你要是想回来,就回来啊。你又没有别的地方可去。"说罢,微微一笑。

我没有独自生活的能力,只能回到娘家,回到靠爸爸的遗产过着悠闲日子的妈妈身边。

电车的车门打开了,乘客们陆续下车。擦肩而过的人们都盯着我们看。因为妈妈不等别人下来就抢着上车。

妈妈,你想上车,也得等下车的乘客下完啊。

我对着妈妈耳语。妈妈却推开别人,一个劲儿地往车里钻。

坐着的乘客中间露出一块红色的天鹅绒布面,那空间显然坐不下一个成年人。但是妈妈说了一句"你们往两边挪挪",硬是挤着坐了下去。

妈妈身边的女孩惊讶地看着她。我想可能是因为这个女孩身材苗条,座位才略显宽松。妈妈蛮不讲理地挤进去,那个女孩坐得不自在,只好向前趴着。

我对妈妈耳语:"妈妈,你这样不讲道理地挤座位,给别人添麻烦,真不害臊!"

但妈妈充耳不闻,歪着脑袋,吸溜着鼻子。

那个女孩像是忍无可忍,站起来走到别的地方。妈妈一副求之不得的表情,舒舒坦坦地坐着,把包抱到胸前,闭上眼睛,嘴里嘀嘀咕咕说着些什么。

"真叫人、生气、落叶都、发臭了、恶心!你这该死的,给我道歉!野岛……"

妈妈好像在咒骂邻居野岛。在摇晃的电车里,她脑袋一耷拉,像是迷迷糊糊睡了过去。

妈妈,你要去哪里啊?到了目的地能醒过来吗?

果然,她坐过了站。

"听不清车内广播,真坏事。"

妈妈恶狠狠地嘟囔着下了车,走到对面的站台,坐上反方向的电车。

走出检票口,几个和妈妈年龄相仿的女人站成一排,向她招手。

"你来晚了。"

"还担心你是不是出什么事了。"

"刚才大家还说呢,是不是你又记错车站了。"

这几个拖着腔调说话的女人围着妈妈。

"电车发生交通事故,晚点了。"

妈妈,你怎么撒谎啊?马上就会露馅的。为什么不老老实实承认自己睡过站了呢?

"哎呀，你这阵子够辛苦的。"我看见一个人把手搭在妈妈的肩膀上，"女儿才刚刚过世。"

喂，怎么把我的死与电车晚点相提并论呢？

妈妈压低了声音说道："求你别提我女儿的事。"

对方的手从妈妈的肩膀上移开。刚才还谈笑风生的气氛一下冷了下来。

"对、对不起。"那个人表示歉意。

"今天都忘掉不愉快的事，大家高高兴兴地聚会。"

众人敷衍着笑起来，妈妈却还是默不作声。

妈妈，这种时候你应该笑一笑，让气氛缓和下来。这些人今天聚会就是为了让你开心吧？把我忘掉，不要紧的，度过愉快高兴的时光吧。

妈妈，首先你要露出笑容，然后告诉大家，不要说令人心烦的话。

"是啊。"

妈妈终于开口了。我盼望她能说出令人高兴的话题。

"为什么我还活着啊？"

妈妈……

"我是母亲,女儿却比我死得早。岂有此理,我这个老不死的。"

所有的人都沉默下来。

妈妈,在这个场合最好不要说这种话。以后你还要和这些人和睦相处,互相支持,虽然不必言不由衷地说奉承话,但这种愉快的聚会还是得高高兴兴地应酬呀。一定要学会察言观色,否则这样下去,会一个朋友都没有的。

这时,一股大风吹来。轰隆隆的风声穿过我的身体。妈妈啊地惊叫一声,捂住耳朵。

我大吃一惊。风一吹,助听器竟会发出这么剧烈的啸音。

风越刮越大。妈妈一直摁着助听器。我的视野黑了下来。风穿过她的手指,带来周围人的声音。妈妈摁着耳朵,我担心她心情变坏,又会口无遮拦。但是风声太大,我听不清她的话。

妈妈说:"风。就是风。"

疼吗?喉咙疼?不要紧吗?发烧了?传来这样的话

声。她们好像把"风"错听成了"感冒"①。按妈妈的性格，可不会笑呵呵地纠正这种天真的错误。

"瞎说什么。不对，是那个……"

妈妈，谁能知道你说的"那个"是什么意思啊。

周围的人又叽叽喳喳说了起来。

"好啦，真烦人！"妈妈捂着耳朵，大步往前走。

妈妈，别这样。这么点事就觉得烦人可不行。走到没风的地方，再向大家好好解释，刚才是因为风声让助听器发出了噪音。

妈妈以前对什么事都嫌烦，怎么这个年纪还改不了呢？也许比以前更缺乏耐心了。

妈妈，其实你一直很烦我吧？

在我还是婴儿的时候。

在我幼小缠人的时候。

在我反抗叛逆的时候。

在我不顾你的反对结婚的时候。

还有离婚回娘家的时候。

---

① 日语中，"风"与"感冒"的发音相同，都是"kaze"。

在我生病的时候。

一切都写在你的脸上:"啊,真烦人!"你总是心不在焉,目光呆滞。而一旦大发雷霆,又如河东狮吼一般。妈妈,还记得吗?你盛怒之下扔出的花瓶砸中我的脑袋,还流了血。

记忆中,妈妈不是在发呆,就是在发脾气,总是处在这两种状态之中。

为什么就不能像这里的其他人一样,温和地微笑呢?

妈妈,她们给人的感觉都很和蔼亲切。虽然妈妈这样,她们依然表达着关心,尽心安慰。她们极力对妈妈说着什么。妈妈,你不要老捂着耳朵,也应该努力听她们说话啊。

妈妈停下了脚步。

我说的话,她终于听进去了吗?

"你们在说些什么啊?我听不见。"妈妈大声叫嚷,"戴着这玩意儿,什么也听不见!净听见呜呜的风声,烦人!"

说罢,她把我从耳朵里拔出来,扔到地上。我顺着被丢出去的惯性,在地上蹦了一下。

喂，妈妈，别把我扔掉啊！那是我啊。助听器就是我！

我躺在地上，望着妈妈的双脚越走越远。妈妈的朋友们也紧随其后。

妈妈，别走啊！

妈妈，求你了，别走。

我在地上拼命地叫喊。

妈妈，你以后都会需要我的。我还有很多很多话想对你说。

虽然我也曾非常恨你，好几次都起了杀意，但是我一直爱着妈妈。所以，我才回到了妈妈身旁。

妈妈，别抛下我！

大风把我吹得几乎飞起来。

呜呜的风声穿透我的身体。

日
记

沙沙,沙沙。

深蓝色的墨水在纸上划出声音。我感觉到熟悉的钢笔字在白纸上一个字一个字连缀成行。

一月一日

新年来临。今年,我没有收到一张贺卡,没有做年夜饭,也没有去寺院参拜。

就是因为光,你不在。这一年变成了一个冷清孤独的新年。

我和香奈两个人谁也不见,寂寞地守岁。

电视上出现很多人身穿和服出门的画面,香奈问我:"今天是什么日子?"我回答:"是元旦呀。"

今天晴空万里,空气澄净,风很大。

　　我看见嘴唇紧闭、表情温柔的希美子。我化身成为日记倾听希美子的话,触碰她的手指,凝视她的面孔。

　　今天是元旦。是我从这个世界消失之后的第一个新年。

　　希美子的日记就是写给我的信。在一天即将过去的最安静的时间里,她慢慢地书写着。夜半时分,我们的独生女香奈已经进入了梦乡。

　　"而且……",希美子正写着日记,回头看了看身后香奈的脸蛋。香奈似乎失去了全身的力气,一副要哭出来的样子。

　　希美子把她抱起来,问道:"你醒了?"

　　香奈一边揉着眼睛一边点头,说:"我要尿尿。"

　　"好、好。"

　　希美子笑眯眯地抱着香奈走出房间。日记中断了。

　　我的眼前只剩下那支金丝边胭脂红的钢笔。那是我送给她的,记得是她二十四岁的生日礼物。

我们俩在一家公司工作，我调到地方以后，她给我寄来了一封信。现在这个年代还写信，也许有人觉得别扭，但因为是希美子的来信，我没有那样的感觉。我在回信中说：现在很少有机会阅读手写信，看着一笔一画工整的字，感觉新鲜而温暖。对于孤身在陌生土地上生活的我来说，更是如此。

这是我真实的感情。希美子的字迹娟秀，让人看着都觉得舒坦，烦恼俱消。

我们一个月要通信数次。如果我几天没有回信，希美子的信就会追过来。

她在信中说自己"迫不及待"。后来，她连"迫不及待"都不说，也不等我回信，就一封接一封地寄来。

信的内容也五花八门，公司的情况、观影感想、读书心得、在附近看到的猫狗、吃的饭菜，甚至天空中云彩的形状，想到什么写什么。

一般来说，我接到希美子的三封来信就给她回一封，一直这样鸿雁传书。我从她的来信中选取特别中意的部分，简短地阐述自己的感想。她的回信充满温柔的喜悦。

两年三个月。

从那之后,我们不再通信。因为住到了一起。

希美子将我们的往返信件全部保存在一个盒子里,我们结婚了。

"虽然住到了一起,但异地相恋时的感情全在这里面,高兴又让人难为情。"希美子一边说,一边用别人赠送的结婚礼品上的红缎带把存放信件的盒子绑起来。此后,那条红缎带就再没有解开过。至少在我的有生之年。

我死以后,希美子打开过那个盒子吗?

"而且"——希美子写到这里,没有继续写下去,当天夜里她再没有重新坐下来写日记。她哄香奈睡觉,大概自己也一起睡着了。

接下来一月二日的日记是这样开头的:"今天也是个大晴天,把被子拿出去晒。正月的空气很干爽,正是晒东西的好时候。"她没有接着昨天的"而且"写下去。

我昨夜一直猜想下文是什么,但好像希美子已经把"而且"忘记了。

一月四日

今天开始上班。

正式员工中的单身女孩今天都穿着宽袖和服上班,听说这是社长的命令。三十二岁的釜田对我谈起这件事的时候,一脸不乐意。不过,刚进公司的年轻女孩大抵都显得兴高采烈。

当然,穿着那样行动不便的和服上班,根本没法工作,所以在新年团拜会结束以后,正式员工在上午就都回去了。

我们这些外派员工①没有接到必须穿和服上班这种古怪的通知,所以落得轻松。

下午,正式员工都不在,我们慢悠悠地做完几样工作,便喝茶聊天,提早回家。

我去托儿所接香奈。宽敞的教室里,只有几个小孩安静地在玩积木。

大概很多妈妈还在享受假期。

我唤了一声"香奈",她回过头,我笑着说:

---

①指由劳务派遣机构派到企业工作的员工,属于非正式员工。

"你这张脸和我早晨叫你起床时一模一样。"

入夜,下起了小雨。

希美子和我结婚以后,辞去了工作,不久又以外派员工的形式重新开始工作。

宽袖和服……我琢磨着日记上写的这件事,心想我要是社长的话,肯定不会想出这种馊主意。

如果我还活着,大概她会边吃晚饭边和我谈论这件事吧。

总之,新年以后,希美子继续顺利工作、照顾香奈,这是再好不过的事了。

二月三日

今天早上起来一看,外面一片银装素裹。

香奈先起来了,把鼻子压在玻璃窗上,几乎都挤扁了,目不转睛地眺望着积雪。阳台用的凉鞋被埋在雪里,我拿出靴子,让她出去玩。

今天是休息日,真好。

可是托儿所前面的那条路还没有修好，全是泥土。

我用阳台上的积雪和香奈一起堆了五个小雪人。用红豆做雪人的眼睛。

明天早晨，雪人就融化了吧。

二月四日

昨天的雪人没有融化，而是冻住了。红豆做的眼睛全掉了下来。

今天特别冷。

想起来，光就是在这么冷的日子里向我求婚的。

我向希美子求婚……

是我将捡到的南天竹的红色果实送给她的那一天吧。

不知道从什么时候开始，希美子不再满足于写信，而是来找我，住到我家里。

有一天，希美子在大雪纷飞的夜晚留宿我家。早晨起来一看，积雪足足有五厘米厚，在朝阳的映照下泛着耀眼的亮光。我们在雪地上散步，看到积着白雪的南天竹果子，希美子说："在白雪的映衬下，这红色显得格外红。"

我突然心血来潮，从南天竹上摘下一粒果子，然后牵起希美子的左手，把果子靠在她的无名指上，说道：

"我们结婚吧。"

"这是什么？是代替订婚戒指吗？"希美子笑着说，"那我就收下了。"

她用右手握住南天竹果实，放进了口袋。

"我们结婚吧。"

希美子挽着我的胳膊，身体稍稍靠在我身上。我们亲密地相互依偎着，在雪地上默默地行走。

那一天，空气格外寒冷。那一天，身体又格外温暖。

真想一辈子都停留在被白雪环绕的那一天。希美子始终记着那一天。

二月十五日

今天给香奈摆放女儿节的人偶。按照惯例，摆放内官人偶①和古装人偶,简单朴素,但因为收藏人偶的盒子很大,从小橱柜里拿出来还挺费劲的。

以往都是你站在梯子上,把盒子拿出来,我在下面接着。

香奈还小,现在还不能在下面接盒子。

从小橱柜把盒子拽出一半时,一时间不知道怎么拿下去,只能保持那个姿势站在梯子上想办法。

忽然想到印度人头顶着东西走路的样子,于是我把脑袋挪到盒子底下,小心翼翼地顶着盒子从梯子上下来。

我很厉害吧。

女儿节过后,把人偶装进盒子放回到小橱柜里的时候,还得使用这个"头顶法"。先写在日记里,以免忘记。

人偶面无表情,但看上去很美。

香奈要给人偶喂饭,我赶忙制止她,说:"两个人偶在一起,不用吃饭也很幸福,肚子饱得很。"

---

①模仿天皇、皇后模样的人偶。

香奈一听，突然问道："那爸爸什么时候回来？"

我无言以对。

所以……

希美子写到这里，搁下了钢笔，然后在"所以"上画了两道线。

当天的日记以下面这句话结束：

阳光和煦，带着些许春天的气息。

也许是因为把人偶搬了出来，我隐约感觉到很久以前去祖父母家玩时的那种气息。

"晚安"——希美子轻声低语，把我合上。接着，啪的一声，房间暗了下来。

我总想在这个瞬间站起来，跟着她走进卧室。

就像从前喝完酒聊完天后，说一句"睡吧"，两人同时起身走进卧室。

在潜意识里，我紧紧跟随在希美子身边，但是我再也无法重新站起来。正因为我深知这一点，才化身为希美子的日记。

我每天都能看到她写给我的信，既高兴，又悲伤。痛苦日积月累。

然而，我还是为自己能够陪伴着希美子的心灵而喜悦。

正是寒冬季节，我每天都在没有暖气的房间里，也没有毛毯裹身，忍受着彻骨严寒，可我并不觉得难受。

因为我已经不是没有温暖就活不下去的恒温动物。对于现在的我来说，温暖已经没有意义。

那么，什么才有意义呢？我这样阅读希美子的信，究竟想干什么呢？

三月二十一日

今天终于把女儿节的人偶都收起来了。

原本想在三月三日那天收好，却一直拖到了今天。

这可不行，一直这样摆着，将来香奈出嫁可就晚了。

这样的玩笑话已经过时了吧。

今天,柿本来家里玩,称赞人偶很好看,又说"你一个人把人偶拿上拿下很辛苦吧",于是就请她帮忙,把人偶收拾妥当。

所以,这一回不用伤脑筋想办法,事情就办妥了!

把人偶重新装进盒子,小心翼翼地打包的时候,香奈一边恋恋不舍地用食指抚摸人偶的脑袋,一边问道:"人偶在盒子里也会幸福吗?就因为两个人在一起?"

我一时间愣住了,感觉心里空落落的,但立即回答:"是啊,因为两个人在一起,即便在盒子里也幸福。"

这样夸大其词的话让柿本惊讶得睁圆了一双大眼睛,也逗得香奈笑起来。

柿本是希美子大学时代同一个社团的前辈,碰巧搬到了附近,于是两家就经常走动。

我见过她一次,感觉是一个性格开朗的职业女性。

她总是像受惊一样瞪着一双大眼睛。好像还是单身。这样的人经常到家里来玩真是好事。

门外传来钢琴声,是《梦幻曲》的旋律。希美子失眠的时候总是播放这首曲子。

我想,希美子听着《梦幻曲》,其实是在思考什么。我追溯着她写在日记里的种种无聊小事,忽然产生了这样的感觉。

她每天漫无目的地写这些无聊琐事,难道仅仅是如此吗?

我朦朦胧胧的疑问终于在某天的日记里得到了答案。

○月○日

光,今天有一件事必须向你报告。

我有了恋人。他是我认识你之前的朋友、是我高中时的同学。你走了以后,他给予了我很多关怀。

香奈也非常喜欢他。他是个很好的人。

他很早以前就说想和我住到一起,我一直犹豫不决,但今天终于下定决心。

我决定和他开始新的人生。

香奈和我都需要他。他说他也需要我和香奈。

我一直没有在日记里写这件事，对不起。

我很自私吧。

我爱你的心至今未变。但是我想和你认真地说声"再见"，重新开始自己的人生。

今天，我做了这个决定。

你一直守护着我，谢谢你，真的谢谢你。

今天是我最后一次写日记给你。

日记不能带到新家去，明天早晨，我会在院子里烧掉。

我大吃一惊。

这突如其来的打击使我脑子一片空白，无法思考。

希美子写完日记，放下钢笔，关灯走了出去。我在黑暗的房间里茫然若失。

天亮了。

我沐浴着透过窗帘照射进来的阳光，心情终于平静下来,舒朗轻松。

希美子,这样就好。这样很好。

我来这里就是想看你和香奈一起迈出人生新的一步。

仿佛是在等待我心情平静下来,希美子走进来,拉开了窗帘。

她全身沐浴着清晨的阳光,娇艳美丽。似乎已经拂去犹豫之色,一脸凛然。她把我捧在手里凝视着,低头微笑。

我想对她说:我永远都是你第一个爱人。

她把我拥入怀中。

希美子就这样抱着我走出房间,来到院子里。院子里放着收有我们过往信件的盒子。

她把我放在盒子上,一起用丝带扎好。我的胸前装饰着红色的十字。望向天空,只见许许多多的枯叶从希美子的手中撒落下来。

一会儿,枯叶变成红色的火焰。是希美子点燃的。

火立刻烧到我身上,烧断了绸带。我失去了束缚,一页一页地翻转着燃烧起来。

我们过往的信件在我的身下燃烧。

我们交流过的话语都化作了飞烟。

火焰在摇曳、摇曳、摇曳。

意识在逐渐远去,我想对火焰那头的希美子送上最后一句话:

祝福你。

按摩椅

我不由得探出身子，说道："不，那个……能不能想办法，不是变成东西，让我起死回生、再活一次？"

"我已经再三说过，这个做不到。"

"我不在，大家肯定很苦恼。不管怎么说，这太突然了。我……反正都一样，再宽限一点，按程序办理就好啊……不行吗？那么，让我附身在什么人身上可以吗？就是嘛，被我附身以后，他也会有一个更好的人生……"

"不行！只要是有生命的，都不行。"

附身使者言辞严厉，像是在斥责我。其实他没必要态度这么恶劣，应该采取更加温和灵活的方式嘛。

嗨，抱怨也不管用，反正就是行不通。

"……知道了。我明白了，不可能死而复生……"

这么一想，我脑海里浮现出自己公司的办公桌。坐在我对面的是谷山。那小子总是阴沉着脸，现在在干什么呢？还有坐在我旁边的原西，这家伙也是……

算了，公司这帮人的脸，真不想看。有些事只有我才懂，公司现在肯定乱作一团了吧。虽然我心里也着急，可是没办法，我也不愿意这么快就死了啊。医生警告说"照这个样子，很快就会死的"，没想到就在我思考怎么才能改变"这个样子"的时候，就"这个样子"走了。

"好吧，总而言之……"我冷静地说，"那么答案只有一个。"

"是的。"附身使者平静地回应。

"回家。我想回家。"

"就是说，您想变成家里的一件东西？"

"对。回到家里，和亲人在一起，这是天经地义的。"

"没错。"

"那么，请您想一想家里的东西。"

"好。"

"其实,家里有我自己的书房,本来觉得那地方不错,可要是大家都不进去的话,就没有意义了。要是我想看看家人现在的样子,起居室应该是最合适的吧。"

"是,我也这么认为。那么,您想附身在自家起居室的什么东西上面呢?请说一件东西。"

我回想着起居室的摆设。

茶色的沙发大概已经褪色、破旧了吧。桌子也是伤痕累累、污渍斑斑。整个房间总是随意丢着杂志、报纸、广告传单、西服等乱七八糟的东西,凌乱无章。

孩子们随口要求更换的显像管电视,荧光屏上也经常出现雪花,闪烁跳动,颜色发绿。

对了,在这间杂乱不堪、死气沉沉的房间里,那件东西不是格外显眼吗?

"有一台按摩椅!从脚趾头到脑袋,可以全身按摩的按摩椅。坐上去,按一下开关,机器就会测定人体的大小,据此计算出恰如其分的穴位,进行按摩。很厉害吧。价格不菲哦。我附身在上面,就可以给全家人按摩。这样大家都身心舒畅,我也会高兴。"

"明白了。那就让您附身在家里的按摩椅上吧。"

附身使者从手里拿出一张闪亮的纸。

我回来了。回到家里,变成了一台按摩椅。

我仔仔细细地打量四周,一切都令人惊讶。眼前的那张沙发换成了布质新沙发,电视机也换成了液晶电视。我一而再再而三告诫他们东西能用就用,用到实在不能凑合为止,可自己刚一走,就变成了这个样子!

房间里一个人也没有,我独自愤慨。这时,听见清亮的"当"的一声,飘来线香的气味。我看见妻子祥子在里面的和式房间合掌祈祷。她的侧脸看上去肃穆沉郁,比起以前略显清瘦。

祥子正对着佛龛跪拜。那是我的佛龛吧。原先那块地方是壁龛,是家里最安静的地方。新做的佛龛就摆放在那里。

我、真的、死了。成了受人祭拜的对象。

是我不好,祥子。在这个年龄就让你守寡,而且孩子都还很小……

"妈妈,我饿了。你快点啊。"

嗯?这不是美穗的声音吗?美穗,爸爸在这里呢。

"好了好了,再等一会儿。我不是说过了吗,米饭要先上供。"

"不上供也可以的啊。"

"那可不行。"

"啊,累死我了。"美穗说着,踢了我这个按摩椅一脚。

喂,美穗……

"这东西真碍事。"

你说这东西碍事?爸爸买回来的时候,不是你说"爸爸,我好高兴",马上就坐上去体验一把吗?不是你喊着"好舒服"吗?

"可不是吗,这东西就是碍事。"

这不是和人的声音吗?怎么连你也……

"和电视机一起让电器店回收走就好了。"

"说什么呢?你们俩。这是爸爸买的最后一件大物件。你们可要珍惜点。"

说什么"你们可要珍惜点"——其实,犯不着这么求他们。喂,和人,我说过多少遍了,把裤子提上去,别这么邋邋遢遢的。还有你美穗,又是这么个打扮上学去吗?裙子里面穿运动裤,成何体统!

瞧瞧这个样子,这个家没有我就不成。

厨房飘来一股香味。今天祥子做了什么好吃的?

"孩子他爸,今天做了炖菜和扁豆拌芝麻凉菜。"

是嘛。我在心里回答。这是祥子听到我心中所想后给我的回答吗?

不,祥子不是对着我这个按摩椅说的,而是面对正式的我(佛龛)在自言自语。她把今天的菜放在小碗里给我供上。

我是饭来张口,坐享其成。不论生前死后,祥子都一直这样待我。

可是祥子,我现在什么也吃不了。

你别在那边,到这儿来吧,坐在我身上。事情这么多,你一定很累吧。倒不是要为过去赎罪,我想给你按摩,让你身上紧绷的肌肉稍稍得到缓解,放松一下。

按摩椅的芯片里注入了我的灵魂,一定可以为你提供这世界上独一无二的优质按摩服务。

但是,祥子供好饭菜后,就径直走进厨房,对我瞧也不瞧一眼。

饭后,和人和美穗坐在沙发上看了一会儿电视就出去了,没有使用我,回到了各自的房间。

这按摩椅不用的话,的确只会碍事……

和人应该已经上大学了,美穗还是高中生吧?

全家人一起聊天、看电视,热热闹闹的日子已经一去不返了。不过,我每天都是在家人已经入睡、夜深人静的时候回家,所以并不清楚实际情况。

我的人生究竟是怎样的人生?我在空荡荡的昏暗的起居室里思考。

窗外可以看见许许多多的窗户。每扇窗户都亮着灯,泛着蓝色的灯光、黄色的灯光、近似橘色的灯光。这是人在生活、活动的证明。

不久之前,我也是一个能够随意开关电灯的大活人,但现在已经做不到了。这种事虽然微不足道,但这样想来,其实也很了不起。

就在我漫无边际胡思乱想的时候,房间突然亮了起来,窗帘哗啦一声被使劲拉上。是祥子。

"哎哟,好累。"

祥子坐到我身上。好温暖。啊,你终于坐上来了。

她按了一下按钮,我开始工作,这真令人高兴。

我真切地感受到祥子身体的形态。对,就是这样,多么熟悉。可是你的身体,肩膀、腰部、腿肚子都有点僵硬。我在这些紧绷的部位自然地加大了力度。"嗯……"祥子发出轻微的声音。这个声音只有我知道。

我忽然想起第一次见到祥子的情景。二十多年前,那时的祥子是一个皮肤白皙、有点懵懵懂懂的姑娘。

夏天,我们开始交往,坐着我刚买的车子到处兜风。

祥子说,她喜欢刚坐进热气腾腾的车子里,打足空调时,从空调口呼呼吹出的凉风。她一边说"天好热",一边愉快地把脸凑近出风口,额发被风掀起,露出整个额头,非常可爱。

我们去海边游泳,祥子的身体丰腴洁白,十分耀眼。一起坐在沙滩上时,她握着脚脖子。我问她"怎么啦",

她说"这儿太粗,难为情"。这么一说我才想起来,她总是穿着泡泡袜。

那时候,我们都还很年轻。

盛夏炽热的阳光把她白皙的肌肤晒得通红。我们的鼻子都变得红红的,笑得前仰后合。

那时想过,什么时候结婚呢?

婚后,很快就有了孩子,我的工作很忙,每天都忙得不可开交。

我像是向她倾诉衷肠般,把她的身体当作一个坚硬的球按揉放松,我嗡嗡的声音与祥子嗯嗯的细声柔和地互相交织。

祥子,和我结婚,你没有后悔过吧?一次也没有吧?我不是要质问你,只是想知道你是怎么想的。

我以这样的形式结束了我们的婚姻,但是你还要生活下去,要把这个房间点亮。

按摩椅设定的操作时间到了,我停止了转动。然而,祥子没有站起来,一直坐着……

"喂……"

不知什么时候，美穗走了进来，说道："妈妈果然在这里睡着了。"

"嗯……没睡着啊。"祥子带着刚睡醒的声音。

"还说呢，明明睡着了。总这样，感冒了可怎么办？"

"好了好了。那妈妈去洗个澡。哥哥洗了吗？美穗你呢？"

"嗯。"

祥子总是最后一个洗澡。她泡澡的时间很长，一边泡澡，一边看书，偶尔还唱歌。可是每次问她"刚才唱歌了？"，她总是不高兴地回答"没唱啊"。好像她真不记得这回事，简直让人捉摸不透。

过了一会儿，传来祥子洗澡的水声。水流走的声音、水溅落的声音。水声竟然也如此冷清，要是她唱歌该有多好。

"爸爸真傻……"

是美穗的声音。我心头一跳，原来她还在这里，怎么突然冒出这么一句……

美穗也不坐上来，就摁下了按摩椅的开关。

怎么不坐上来就摁开关呢？这不是浪费电吗？只要摁下开关就运转，这是机器的悲哀。我对一个不存在的人体开始进行按摩。

因为没有摩擦力，比起刚才感觉更顺畅。但还是让人感到空虚。

美穗，你坐上来不好吗？

"爸爸真傻……"美穗又说了一遍。

喂，怎么这么说呢？你想想是谁把你养这么大的。

美穗坐在地板上，半靠不靠地倚着按摩椅，下巴抵在膝盖上，用手抚摸转动的按摩头。

"爸爸，你要是再多用用这个按摩椅该多好。活得长长的，我用不好这个机器。"

你说什么啊。你多用不就好了吗。爸爸附身在按摩椅上，就是为了让你们心情舒畅啊。好了，你快坐上来吧。

"爸爸，你舒服吗？"

嗯？

没什么舒服不舒服的，我只是在运转着自己。

我注视着美穗的脸，她心不在焉地看着我。不，准确地说,好像在看着我的周围。哦,她是在想象我享受按摩的样子吧。

不要紧的,美穗。爸爸很舒服。这样子,爸爸就很舒服了。

我使劲地转动,为了虚幻的自己。

唇膏

遗憾的事情太多了，多得不得了。我才十四岁啊！简直像是假的。多希望这是假的。我也希望这是谎言。我想，这就是个谎言。

我甚至都不知道自己想做什么。脑子乱糟糟的，理不清头绪。

不过，要是让我说一件"遗憾"的事，那大概就是我还没有谈过恋爱吧。

不，准确地说，是恋爱没有成功。

当然，今后的人生道路……工作、结婚，我也想和大家一样去经历，但是还没有和男生约会过，就这样告别人生，是我最伤心的事。

因为我有喜欢的人啊。

我喜欢池上学长。他和我同在羽毛球社团，比我高一届。他不是那种英俊潇洒、健壮聪明的男生，但只要他在身边，我就觉得心里柔柔的，很踏实。

训练结束，我收拾羽毛球时，他笑着说"还有这个"，用球拍把球轻轻抛过来；休息时，他咕咚一声喝一口水，然后仰头往上看；我在外面的自来水池前洗脸，发现忘带毛巾，正不知如何是好，他却把自己的毛巾递到我面前，说"你用吧"……

我不知不觉地开始注意他。有一天，忽然意识到，我已经喜欢上这个人了。但在意识到这一点的瞬间，我感到了心痛。

因为池上学长和彩香学姐正在交往。

社团活动一结束，他们总是一起离开。看着他们的背影，我能感觉出来他们很开心很快活。就因为他们太快活，我心里特别难受。如果他们令人憎恨，我心里反而好受一些。

我患重病住院的时候，他们一起来看望我，给我送来了橙黄色的花束。系在上面的卡片写着两个人的名字。池上学长在右上方写着"加油！"，彩香学姐的字隽永娟秀，写着："祝你早日恢复健康，我们再一起打羽毛球♪。"我看过以后，说"我一定加油"，眼泪却夺眶而出。既高兴又难过。

池上学长会喜欢彩香学姐，这非常容易理解。彩香学姐漂亮、温柔、努力又坚强，谁都仰慕羽毛球社的这位学姐。我也一直想成为她那样的人。

我想变成池上学长喜欢的样子。但是，我清楚地知道，自己绝对不如她。

如果愿望能实现的话，我想死而复生，成为彩香学姐。不行。不可能。我怎么能产生这种念头呢？太可悲了。

但是，我想和池上学长——哪怕是虚假的，哪怕只有一瞬间——成为恋人，一起牵着手散步、亲吻。

接吻……

我思来想去，决定附身于彩香学姐的唇膏。

彩香学姐把我放进她书包内侧的小口袋。早晨上学前,她把我轻轻抹上嘴唇。是葡萄柚的香味。这种香味非常适合彩香学姐。这样一来,我就能从她的嘴唇看见她眼中的世界。

走进教室,一个人也没有。彩香学姐总是最早到校。这时,池上学长走了进来。

嗯?他们两个不是一个教室啊。

"哎,这个给你。"彩香学姐从书包里拿出饭盒递给他。

"谢谢。"池上学长满面笑容。

原来是这么回事啊。彩香学姐可真能干。社团活动那么累,还要早起做两个人的便当,并且第一个到学校来!

池上学长把便当小心地放进书包,轻轻握住彩香学姐的手,微笑着凝望着她,然后走出教室。我从正面看到池上学长的笑脸,顿时感到无比幸福。

他一离开,立即就有几个这个班的学生进来,彩香学姐和他们聊起来,都是些漫无边际的话题……完全可以用犯懒啊、发困啊、不妙啊、烦人这些词汇简单地概括,都是一些无关紧要的话。只是用这样无足轻重的对话来缓解沉郁黏稠的空气。

在他们聊天的过程中,我变得越来越薄。

啊!最后彩香学姐把我掐进嘴里,我便什么也看不见了。

现在,我只能一动不动地待在她书包内侧黑漆漆的口袋里。

我听得见老师上课的声音,但总觉得像在念经,不知道是什么意思。这上的是什么课呢?

这种声音就像催眠术。以前上课的时候,心里想着不能睡觉,老师会发火的,又是掐手,又是在桌子底下敲大腿。但是睡意一旦袭来,往往很难征服。

真可怕。"睡吧睡吧",施展催眠术的人竟然还要怒气冲冲地说"不许睡觉"。我现在待在口袋里,谁也看不见,一支唇膏无论想什么做什么,都不会被人发现。我对自己使用催眠术,心里十分舒坦。

等我醒来时,周围一片明亮,我的眼前是谁的嘴唇?身后传来球拍击打羽毛球的声音和运动鞋摩擦地板的吱吱声。

彩香学姐在体育馆的角落里抹着唇膏。她麻利地抹完后,上下嘴唇轻轻抿了抿,又把唇膏重新放进书包里,我薄薄的分身留在她的嘴唇上。

彩香学姐开始练习羽毛球。她肯定和往常一样,英姿飒爽。我的脸微微一转,看见池上学长。他好像已经打了相当长时间,被汗水濡湿的头发贴在额头上。

裕美学姐从身边走过,用低得只有彩香学姐听得到的声音说道:"打羽毛球还化妆,真有你的。就因为他看着你?"

嗯?我简直怀疑自己的耳朵。我一直以为裕美学姐是那种大大咧咧的爽朗性格,没想到也说这样挖苦人的话。

"我不是化妆,只是嘴唇干得疼,抹点唇膏。"

彩香学姐落落大方地回答。真了不起。要是我,一听这种话,恐怕会立刻垂头丧气。

彩香学姐走进球场,一停下脚步,就用手背使劲擦嘴唇。我一下子从她的嘴唇上消失。

怎么啦?刚才明明那样反驳,心里却还是在意别人的议论。

不过,裕美学姐还真可怕,我见过她叱骂不好好练球的学弟学妹,竟然连抹唇膏都要管。

彩香学姐各方面都很优秀,和男同学交往也完全是公开的,没有隐瞒,也许这引起了别人的妒忌吧。如果我和她同一个年级,训练已经开始,她却还在抹唇膏,和男朋友眉来眼去,或许我也会窝火。

如果我和她年龄一样,也喜欢池上学长,说不定会在她的唇膏里偷偷扎一根针进去。

"令人仰慕的优等生",其实活得也很不容易。

在我陷入沉思的时候,眼前忽然一片光亮。我又被拿了出来,映入眼帘的竟然是一张男人的面孔。原来是羽毛球社的同级生冈本。喂,你怎么随便打开彩香学姐的书包?你把我拿出来要干什么?

我有种不祥的预感。这预感不幸应验了。冈本拿着唇膏正打算往自己的嘴唇上抹。讨厌!别抹啊,真恶心!

在我接触到冈本嘴唇的瞬间,他的手停了下来。有人一下子抓住了他的手。是池上学长。

池上学长吼道:"你干什么?"

"没、没干什么……"

冈本战战兢兢,紧紧地攥着我。他手心的汗湿漉漉的,真叫人难受。

"把你手里的东西拿出来!"

池上学长要把冈本的手掰开。学长,快来救我!我听见几个人的脚步声朝这边过来。冈本松开手指,我骨碌骨碌无力地滚落在体育馆的地板上。池上学长迅速把我捡起来。

"怎么啦?怎么回事?"围过来的同学异口同声地询问。

池上学长呼吸急促地说道:"不,没什么。没什么事。继续练习吧。"

我从他的指缝间看见冈本慌慌张张地离去。

"怎么啦?"

是彩香学姐的声音。

"这个,掉在地上了。"

池上学长把我放在彩香学姐的手里。

"诶,奇怪了。我应该放在书包里的啊。"

彩香学姐奇怪地看了看,又把我放进书包。

真是充满波折。如果我有心脏的话,一定激动得扑通乱跳。当一支唇膏真不容易。

池上学长没有揪住冈本不放,追究到底,这一点也非常出色。如果知道冈本想要偷抹她的唇膏,彩香学姐心里一定也会觉得恶心难受。所以,最好谁也不知道。这是池上学长当场作出的判断。虽然放了冈本一马,想必他以后再也不敢胡作非为了。

可是,冈本这么做,说明他肯定喜欢彩香学姐。然而,他接近彩香学姐的方法显然大错特错。犯这种错误的人或许还会故技重演。可是,自己可耻的行为居然是被心上人的恋人发现,抓了现行,这结局可真够屈辱的。

"你对冈本还是得小心一点。"

"嗯?为什么?"

我听见池上学长和彩香学姐的对话。这是什么地方?

"他好像对你有意思。"

"嗯?真讨厌。最近社团活动他倒是经常来看我。这么说，今天你和他吵架了？"

"不，就是……那家伙有点瞎胡闹，我只是让他注意点。"

"嗯……可你怎么突然对我说……"

这时，门口忽然响起对讲机的声音。

"啊，不知是谁来了。你等一下。"

传来开门的声音。好像是彩香学姐的房间。

一只手伸了进来，是池上学长的手。他从书包里把我拿出来，打开盖子，稍稍拧出一点，然后用餐巾纸擦拭顶端，把可能与冈本嘴唇接触过的部分擦干净。多么温柔的举动啊。

池上学长心思细腻，无微不至。我从心底里佩服。我庆幸自己喜欢他。同时，我也能理解那么完美无缺的彩香学姐为何会倾心于他。

池上学长仔细地把我的表面擦干净，然后在上面轻轻哈了一口气。唇膏的香味散开，他的嘴唇慢慢靠近，开始涂抹我。

嗯？池上学长……

就在我惊慌失措的时候，我又被放进了书包里。啊，我刚才与无比喜欢的池上学长亲密接触了。他的嘴唇比彩香学姐的略显干燥粗糙。我感觉自己仿佛和学长接吻了一般。

我正神思恍惚时,彩香学姐走进了房间。

"奶奶送橘子来了。"

她手里拿着两个黄色的橘子,笑眯眯地说:"我们吃了吧。"

"嗯,好。"

池上学长站起身,拿过一个橘子,说了一句"吃橘子前,先要",便把彩香学姐拉到身边,和她接吻。橘子从学姐的手里滑落下来。我感受到彩香学姐柔软的嘴唇。

大概只有几秒钟。这是一个非常轻柔的吻。然而对我而言却漫长得令人头晕目眩,近似永恒一般。

在嘴唇分开的瞬间,我看见彩香学姐羞涩地笑着低下了头,顿时失去了意识。

相机

翔太现在在做什么呢?

咦?这是哪儿?

有人从眼前走过,对面是行驶的车子,一派街道的景象。

我是被带到外面了吗?翔太在哪里呢?

我寻找着翔太,一张陌生的脸向我的镜头凑了过来,我大吃一惊。对方眯缝着双眼看着我,眼角堆满皱纹。

你是谁?

"这个不错嘛。"

我被他拿了起来。

"是吧,这是最近刚进的货,好相机哦。怎么样?好久没买了,这个不买走吗?"

什么?"不买走吗"……我迅速环视四周。许许多多的二手相机摆放在架子上。原来这是一家二手相机店。

二手……翔太,这是怎么回事?

不,一定是那个附身使者把我要附身的相机弄错了。真是马虎。

"最近有个大学生因为缺钱花,把这台相机拿来卖。"

"是吗,这些小年轻竟然也有这么好的东西。"

"说是奶奶给买的,现在奶奶过世了,所以出手卖掉也无妨了。"

"当初央求奶奶买,奶奶一去世,就把它卖掉,是这么回事吗?那也太无情了,就不想留下来做个纪念吗?"

"就是嘛,辜负了奶奶的一片心。"看起来像是店老板的人笑着说,"盒子里还装着擦镜布,上面绣着SS的姓名首字母。大概是奶奶绣的吧。这种手工刺绣真让人哭笑不得。你瞧,就是这个。"

一枚浅蓝色的擦镜布从我的眼前被递到客人手中。啊,这是……

没错,这是我的刺绣。我现在的的确确附身在翔太的相机上。

怎么回事,翔太?你求我买一台相机,作为你升学的礼物,我才取钱给你买的,那时你多么兴高采烈。可这是怎么回事?

我还想着再见你一次,翔太,想和你一起看看你透过相机镜头看到的世界。

可你太不像话了,把相机卖到这种地方来……真让我伤心。

我想起翔太的那张脸。挂着笑的脸、哭泣的脸、闹情绪的脸、撒娇的脸……拥有各种表情的脸。

好吧……你还年轻,会想要很多别的东西,不得已只好卖掉相机。

啊,我知道了。反正送给你了,你怎么处理都行。我现在没有手也没有脚,连跟你说话的嘴都没有。

想到这里,我看见那枚浅蓝色的擦镜布在我眼前打转。

"是台好相机。"刚才那个老头一边擦镜头一边看着我,说道:"我买了。"

什么？我要被这个老头买走？

"承蒙惠顾，谢谢您啦。"

老头把我交给店里的人，我被装进盒子里。

我在黑暗中摇晃，心想，一旦变成任人买卖的东西，是多么无能为力啊。

翔太打小就任性。他母亲佳子认真死板，对这个孩子没少操心。现在这对母子还和过去一样日日斗气吧。

忽然眼前一亮，我似乎从盒子里被取了出来。

"老奶奶，欢迎你啊。"

老奶奶，这是什么意思？我变成相机，还要被当作老年人对待吗？不过，这原本就是台半旧不新的相机，被人这么叫也不奇怪。

有人在用绣有我孙子姓名首字母的擦镜布擦拭我的全身。这让我感觉自己得到了珍惜。不管怎么说，被人珍惜对待，总是件好事。

这台相机在翔太之前，又被什么人用过，究竟经过几个人的手呢？

我说，同样的价钱可以买到相当好的新品，可翔太说，这台相机具有模拟相机独特的时代感，还有这个手感、设计款式……这个那个，说了一大堆。这个老头也有这样那样的理由，才把我买下来的吧？

"虽然没有什么与众不同，不过……"

老头一边自言自语，一边对着镜头哈了一口气。镜片立刻模糊起来。正想着别这么对待我啊，老头便用布慢慢地擦去镜头上的雾气。

"这是被孙子卖掉、让奶奶伤心的纪念品，我得好好爱惜啊。"

哦，这个态度令人敬佩。我不由得想流眼泪。

"这样子会让奶奶伤心落泪的。"

翔太用这台相机第一次给我拍照的时候，看着他微笑着不停地说"这个好、这个气质好"，那令人信赖的成熟模样让我激动落泪。想起来，翔太还说过，你什么时候变得这么脆弱啊。

老头自言自语道："我也做过同样的事……"

同样的事？年轻时，做事欠考虑，总会做出很多轻率的举动吧。不过，现在如果我能让你舒心，那就好好善待我吧。

这个老头所说的，应该是很多年前的事了吧。我出生前，爷爷奶奶就已经过世，所以我不太理解翔太和这个老头的心情，但我想总有一天，翔太也会像这个老头一样，对卖掉我送给他的相机一事感到后悔。会这样吗？

一堵黄绿色的土墙忽然逼近我的眼前。

"咔嚓。"传来摁快门的声音。

"我的第一幅作品——我家的墙壁。"

我听见老头心满意足的声音。

这个人……干吗要拍摄墙壁啊？

"这照片不论是作为第一张，还是最后一张，都不错。"

他说的这是什么意思？

就在我发呆的时候，一扇玻璃柜门被打开，老头把我放了进去。里面还摆着几台半新不旧的黑色相机。

灵魂附身的相机就我这一台吗？说不定，说不定别的相机也……

"喂，各位……"我小心翼翼地环顾四周，和它们打招呼，但依然一片寂静。

噢，灵魂附身的相机只有我吗？那多冷清啊。

透过玻璃门，我可以看见老头的背影。他正在看电视。苍白的光线时强时弱，晕出他身体的轮廓，映照过来。电视里笑声不断，可是他一笑都不笑，挺直身板，一动不动地盯着电视。

这背影似曾相识……

啊。很像、很像那个人。我的丈夫——泰彦。

三十年前，泰彦就去了另一个世界，所以不可能是这个老头。但他看电视、吃饭的时候，也是这样挺直身板。我想，如果他还活着，和这个老头的样子也差不多吧。

泰彦这个人特别老实，实诚得跟个傻子似的。正因为太老实，才死得早吧。

这个老头知道这台相机有故事，特地买下来，也是一个老实人吗？

忽然，老头倒了下去。

怎么啦？不要紧吗？是生病还是昏过去了？

有人吗？这家里还有其他人吗？刚才老头扑通一声倒了下去，有没有谁听见，赶紧出来啊！

我非常担心,但没有人出来。老头躺在那里,纹丝不动。

啊,我该怎么办?

这时,我听见像是从喉咙里发出来的呼噜呼噜的声响。老头朝我这个方向翻了个身,嘴角微张,呼噜呼噜,酣睡过去。

什么啊!只是看电视睡着了,吓我一跳。

可是,这样子睡觉真让人不放心,要是我能到他身边,就会给他盖上一条毛毯。

电视里传来嘈杂的声响。老头进入了梦乡,声音和光线环绕着他。

泰彦如果活到这个年龄,大概也退休了,一天到晚待在家里,恐怕也会像这样看着电视就扑通倒下去睡觉。

他那个人没什么爱好,也不乱花钱。偶尔在休息日的时候,对着报纸上的围棋残局棋谱,把棋盘放在石头上,一个人聚精会神地思考。有一回,可能是西斜的阳光照着他的后背,暖和舒服吧,他手里握着棋子,竟趴在棋盘上睡着了。

我把一条毛毯轻轻盖在趴着睡觉的泰彦背上。他微微睁开眼睛,我以为他醒过来了,却又马上闭眼,继续呼呼地睡觉。我心想,这家伙莫不是在装睡吧,温柔地抚摸他的后背,热乎乎的,像只怀炉。

所以那天,当我看见泰彦躺在洒满余晖的屋子里,心里嘀咕怎么又这样随地睡觉,正打算拿毛毯给他盖上,指尖却触到他冰凉的身体,不由得打了个冷颤。

今天是昨天的继续。明天是今天的继续。然而,泰彦的"今天"终止在了那一天。

从那天开始,我的"今天"重复了三十年。

泰彦和我没有孩子。我和一个妻子过世、带着孩子的男人再婚了。翔太是我继子的儿子,和我并没有血缘关系。但是,我们感情一直很深,总有说不完的话。

不,所谓感情很深,也许是我一厢情愿的想法,翔太跟我聊天只是为了向我要钱。

啊,这不好,这不好。我也和泰彦一样,"今天"已经结束,所以没有必要再为活着的人操心。人们常说:"活着就是幸运。"

我现在能够关心的只有这个独身的老头。

要是他突然倒下去,最后也只有我陪伴他。

翌日,阳光明媚。从照射进来的晨光就能判断出来。

"新相机——今天去哪里走走呢?"

老头高兴地哼唱起来。这首曲子有点耳熟,只是他随意配上了歌词。

"这高兴、含羞的世间终点,怎能忘记最后的爱恋……"

哎呀,这是什么歌词。

如此说来,以前我独自在家时,或许也曾没羞没臊地哼唱过这样的歌曲。毕竟,谁会想到还有相机在旁观。

"我不要、我不要、爱上你,如今两人在池底。"

这是怎么啦?难道两个人变成青蛙了?

老头对着玻璃柜门精心打扮,我从正面看着他打理头发。他用梳子认真地梳理浓密的银发,额发蓬松地倒竖起来。虽然发型有点怪,但看他动作利落,就知道他长期保持这个发型。我是第一次看见这种发型,感觉很新鲜。昨天不是这个发型,说明今天他刻意打扮了一番。

老头装扮完毕,带着我出门。我在黑乎乎的盒子里,外面的情况不得而知,摇摇晃晃的,感觉像在电车里。这种规律的摇晃让人发困想打盹。身处黑暗之中,我无法知道时间。不时能听见车内广播,但听不清内容。

我们要去哪里呢?

和一个陌生人外出旅行。活着的时候,我不可能这样做。被人买去的东西,就能发生这样的际遇。

啊,好晃眼。眼前是淡粉色的东西。

樱花、是樱花!从花丛中可以看见蔚蓝的天空。

咔嚓。我的快门在活动。

老头来拍摄樱花。樱花盛开,飘落的花瓣触碰到我的身体。

"好天气!"老头大声说道,"我一出门从来都是好天气。"

他在和谁说话?我的镜头一直对着樱花,不知道四周的情况。

这是哪里的樱花?特地坐电车过来,一定是赏樱胜地吧。不过,现在看到的樱花是随处可见的染井吉野品种。

人声嘈杂。我一直面朝樱花怒放的天空。

老爷爷,别老是拍樱花啊,应该拍些壮丽的景色,捕捉各种各样的人物,拍照也要动动脑筋啊。你刚才照的尽是樱花和蓝天,这和旅游中心的明信片有什么区别?

千篇一律的樱花和天空。

淡粉色、蔚蓝色。这就是春天啊。

我以前不太喜欢出去赏樱,没有这样仔细观赏过,这么一看,还蛮漂亮的。

不管怎么说,美丽的东西就是美丽。春天就是一个令人快活的季节。虽然樱花不断飘落。

美丽的樱花令人沉醉。

喂、喂……你好歹该把自己的名字告诉我。虽然过一阵子总会知道,可我现在就想知道。

他干燥细长的手指包裹着我,不停地摁下快门。我就这样和他一起观赏同样的风景,观赏他认为的美景。这也不坏。

相机背带套在他脖子上，我挂在他胸前。许许多多的游客在成排的樱花树下慢慢地往前走。

以后，我就这样和这个人待在一起。想到这里，我喜不自禁。

"对不起，请问，去海边怎么走？"他向别人询问。

哦？现在要去海边吗？

已经很多年没见过春天的大海了。我还记得，很久以前泰彦曾带我去过。海岸上晒着裙带菜，绽放着萝卜花。

今天也会看到吗？要是能看到就好了。肯定会有的。

我在不知道名字的陌生人的胸前摇摇晃晃，奔向大海。

枇杷树下的女儿

家中漂亮的独生女患病卧床。她病得很重,医生说活不到明天了。母亲听后,哭得像泪人一般。

入夜,女儿意识到自己即将走到生命的尽头,对母亲说道:"妈妈,对不起,我得比您先走一步了。"

"不许这么说,要坚持住啊。"

女儿缓缓点了点头,平静地说:"不,我的身体我自己最清楚。我活不长了。"

母亲默默无言,只是不住地流泪。

"妈妈,我有一个最后的愿望。"女儿湿润的眼睛坚毅地凝视着天花板,说道,"我死以后,把我的一根头发埋在后院的枇杷树下。从那里长出来的第一棵幼芽,就是我的灵魂。"

"把头发埋在枇杷树下……这样就行吗?"

"是的。求您了。"

"好。我向你保证。"

"一定要做到。"

"好的……"

母亲没有去拭掉眼泪,握住女儿的手,坚定地点点头。

女儿放下心来,脸上浮现出安宁的微笑,停止了呼吸。

母亲按照与女儿的约定,从她头上拔下一根头发,埋在枇杷树下。像播下一粒种子似的浇水灌溉,合掌祈祷。母亲流下的泪水也渗入埋着头发的泥土里。

一天,从埋着头发的地方萌出一棵嫩芽。母亲将其视为女儿再生的灵魂,辛勤地灌溉施肥,精心培育,早晚祈祷。

嫩芽如漂亮的女儿那样温柔地向上生长,当接触到枇杷树的叶尖时，立即缠绕了整个树干。女儿的小苗一天天生长，枝叶茂盛，覆盖了整株枇杷树的枝干。

母亲精心培育的女儿草是一种寄生草。青草团团裹住枇杷树，密不透风。缠绕在枇杷树上的寄生草吸干了树汁，枇杷树枯萎死去。

干枯的枇杷树在寄生草的内部慢慢腐朽，最后倒在地上。寄生草失去缠绕的对象，空荡荡地飘荡在空中，变成了一株无根草，在风中摇曳。

母亲觉得这件事非同小可，从地上捡起一块腐烂的枇杷树木头。这时，她听见空中传来一个声音："真高兴啊。"

她抬头望着天空。

"真高兴，真高兴……"

随风摇曳的无根草中传来女儿熟悉的声音。

母亲悲伤地对无根草说："……枇杷树枯死了。"

"别管它，就这样，别管它。"声音在风中颤抖着，"那是新右卫门的枇杷树。新右卫门吃完枇杷，把核扔在地上，长出一棵苗。后来，我把这棵苗移植到我们家里的后院。"

"你……"

母亲正要说话,一阵猛烈的山风刮过来,把无根草吹得无影无踪。

新右卫门是女儿从小暗恋的男人。但是他在女儿生病期间和别的女人结了婚。女儿在临死的前一天得知此事。

听说在枇杷树枯死的那天,新右卫门正在地里干活,站在地里就断了气。

"真高兴!"

母亲参加完新右卫门的葬礼回来的时候,仿佛又听见女儿的声音,不过,那也许只是风声而已。

图书在版编目（CIP）数据

谢谢你回来 /（日）东直子著；郑民钦译. -- 海口：南海出版公司，2020.8
ISBN 978-7-5442-9195-8

Ⅰ.①谢… Ⅱ.①东… ②郑… Ⅲ.①短篇小说-小说集-日本-现代 Ⅳ.①I313.45

中国版本图书馆CIP数据核字(2020)第052082号

著作权合同登记号　图字：30-2020-042

TORITSUKUSHIMA
Copyright © NAOKO HIGASHI 2011
Chinese translation rights in simplified characters arranged with CHIKUMASHOBO LTD. through Japan UNI Agency. Inc., Tokyo

谢谢你回来

〔日〕东直子　著
郑民钦　译

出　　版	南海出版公司　（0898）66568511
	海口市海秀中路51号星华大厦五楼　邮编 570206
发　　行	新经典发行有限公司
	电话(010)68423599　邮箱 editor@readinglife.com
经　　销	新华书店
责任编辑	张　锐
特邀编辑	陈文娟　胡　琪
装帧设计	朱　琳
内文制作	田晓波
印　　刷	北京盛通股份印刷有限公司
开　　本	880毫米×1240毫米　1/32
印　　张	5.5
字　　数	72千
版　　次	2020年8月第1版
印　　次	2020年8月第1次印刷
书　　号	ISBN 978-7-5442-9195-8
定　　价	49.00元

版权所有，侵权必究
如有印装质量问题，请发邮件至 zhiliang@readinglife.com